英国ちいさな村の謎⑳

アガサ・レーズンとけむたい花嫁

M・C・ビートン　羽田詩津子 訳

There Goes the Bride

by M. C. Beaton

コージーブックス

挿画／浦本典子

アガサ・レーズンとけむたい花嫁

この本をわが夫ハリー・スコット・ギボンズに愛をこめて捧げる。

主要登場人物

アガサ・レーズン……………………元PR会社経営者。私立探偵
トニ・ギルモア………………………探偵
ハリー・ビーム………………………大学生。トニの探偵事務所の出資者
ジェームズ・レイシー………………アガサの元夫
フェリシティ・ブロス＝ティルキントン……ジェームズの婚約者
ジョージ・ブロス＝ティルキントン……フェリシティの父親
オリヴィア・ブロス＝ティルキントン……フェリシティの母親
シルヴァン・デュボア………………ブロス＝ティルキントン家の友人。フランス人
ジェリー・カートン…………………ブロス＝ティルキントン家の犬舎の管理人
ショーン・フィッツパトリック……ブロス＝ティルキントン家の留守中の警備人
バート・トリンプ……………………ブロス＝ティルキントン家の近くに住む若者
ミセス・ブロクスビー………………牧師の妻。アガサの親友
ビル・ウォン…………………………ミルセスター警察の部長刑事。アガサの友人
サー・チャールズ・フレイス………准男爵。アガサの友人
ロイ・シルバー………………………アガサの元部下。友人

1

アガサ・レーズンのいちばんの欠点は、とびぬけた負けず嫌い、ということだ。

若いトニ・ギルモアは、自分の探偵事務所を開いてアガサから独立した。やはりアガサの元部下の探偵で現在は大学生のハリー・ビームが、資金援助をしたのだ。すると、アガサは片っ端から探偵仕事を引き受け、休みなく働くようになった。ベテランは若者をやすやすと負かせることを、ぜひとも証明したかったからだ。

さらに、実にいまいましいことだが、元夫のジェームズ・レイシーが若く美しい女性と結婚することになった。アガサはもうジェームズのことなんてなんとも思っていない、と自分自身を納得させようとした。彼女はジェームズの婚約パーティーで出会ったフランス人、シルヴァン・デュボアに恋をしているのだから。

しかし、ストレスと過労のせいで、自宅コテージの階段をころげ落ちて、あばら骨三本にひびが入り、片方のお尻にひどい打撲傷を負ってしまった。

みんなに少し休んだ方がいい、と勧められ、インターネットでシルヴァンの電話番号を調べてから、パリに行くことにした。二人で大通りをそぞろ歩いていれば、愛が花開くだろう。しかし電話をしてみると、シルヴァンはよそよそしく、英語で呼びかける若い女性の声が聞こえてきた。「ベッドに戻ってきて、ダーリン」

アガサは顔を赤くし、自分に腹を立てながら、またもやジェームズ・レイシーに対するおなじみの執着心がむくむくと頭をもたげるのを感じた。それは持病のようなものので、しばらくおさまっていても、必ずぶり返すのだ。

自分の話をちゃんと聞いていなかった、とジェームズになじられたことが思い出された。ジェームズはトラベルライターをしていて、有名な戦場の本をシリーズで書く計画らしい。戦場について博識なところを見せつけて驚かせてやろう、と考えたアガサは、クリミアのイギリス軽騎兵旅団が突撃した戦場跡を訪れることにした。というわけで、みんながとれ、とれ、とうるさい休暇をついにとることになった。

まずイスタンブールに行き、そこから移動する計画だった。以前にもイスタンブールに滞在したことがあり、そのときはアガサ・クリスティが『オリエント急行の殺人』を執筆したので有名になった〈ペラパレス・ホテル〉に滞在した。しかし、今回はゴールデン・ホーン湾の対岸に広がるスルタン・アフメット地区の〈アルテフェス・ホテル〉に部屋をとった。すぐそばにブルー・モスクが見える場所だ。〈アルテフェス・ホテル〉は快適で、スタッフは感じがよかった。しかし部屋で鏡を見たとき、競争心の爪痕を初めてはっきりと見てとった。体重が減り、目の下には黒いクマができている。飛行機の長旅で疲れていたがじっとしていられず、スーツケースも開けずにホテルから出た。

近くに興味を引くカフェ、〈マルマラ・カフェ〉があったので、中をのぞいてみた。壁にはラグがかけられ、細長い店内の奥にはツタで覆われたテラスがある。

しかし、テラス席はすべてふさがっているようだった。アガサは帰ろうか躊躇（ちゅうちょ）した。

一人の男が立ち上がり、英語で言った。「もう帰るところです」

アガサはほっとしながら、男の向かいにすわった。テーブルに灰皿があるのを見てうれしくなり、煙草を取り出した。

「イギリス人ですか？」彼女は初対面の相手にたずねた。

「いえ、トルコ系キプロス人です。エロル・フェヒムといいます」

アガサは彼を値踏みした。小柄で身だしなみがよく、上等なジャケットを着ている。眼鏡をかけ、髪は灰色。いかにも誠実で親切な人だということが伝わってきた。アガサはたちまち友人の牧師の妻、ミセス・ブロクスビーを思い浮かべた。

アガサは名乗ると、アップルティーを注文した。

「イスタンブールにはどういうご用で？」エロルがたずねた。

アガサは〈アルテフェス・ホテル〉に泊まっていて、クリミア半島のバラクラヴァに行く方法を考えているところだ、と説明した。「わたしも同じホテルに泊まっているんです」エロルは言った。「ホテルに戻ったら、いっしょに行き方を訊いてみましょう」

孤独を噛みしめていたアガサはいっしょに訊いてくれるという言葉に、心が温かくなった。

ホテルのフロントで訊くと、明日、バラクラヴァに戻る週末の買い出し船があることがわかった。ありがたいことに、エロルが海運事務所までいっしょに行くと言ってくれた。ただ、ゴールデン・ホーン湾の対岸に戻るには信じられないほど時間がかかったが、英語を話せる人は誰もいなかったので、彼が付き添ってくれて本当に助かった。アガサは他人と同室になりたくなかったので、二人用のキャビンを予約した。

ホテルに戻ると、どこまでも親切なエロルは今夜は忙しいが、明日の午後早く船まで送ってあげる、と申し出てくれた。

アガサは友人のチャールズ・フレイスに電話した。「どこにいるんだい？」と彼はたずねた。

「イスタンブールよ」

「いい街じゃないか、アギー。だけど休暇をとるって話だっただろ。ビーチでのんびりした方がよかったんじゃないか？」

「ビーチの休暇は好みじゃないから。それに、すてきな男性に出会ったし」

「ほほう！」

「すごく親切な人なの。まさにミセス・ブロクスビーみたいな感じ」

「なーるほどね！」

「何なの、その言い方？」アガサはむっとして問いただした。

「その彼って、とても常識的でまともな人なんだろうね」

「そうよ」

「だと思った。もし彼が手の届かない相手か、いかれたワルで危ない女たらしだったら、あなたはとっくに夢中になっていただろうからね」

「わたしのことをすべてわかっているような口をきかないで、大まちがいよ！」アガサは語気荒く言うと、電話を切った。

翌日、タクシーで船に向かう途中、アガサはエロルにどういうお仕事をしているの、とたずねてみた。そのくせ、小さな出版社を経営している、という説明をろくすっぽ聞いていなかった。すでにアガサは空想の世界に浸っていたのだ。白いクルーズ船の手すりにもたれるアガサは隣に立つハンサムな男性と熱く見つめあい、昇っていく月が黒海を照らしている。

だが、現実の船を目にして甘い夢は消えた。ロシアのこんなオンボロ船だとは。他の船がないかと探してみたが、徒労に終わった。アガサのチケットで乗れるのは、この不定期貨物船だけだった。

「大丈夫よ」アガサはエロルに言った。「これでも目的地には着けるわ。いろいろ手伝ってくれてありがとう」

船員に助けられてアガサは積み荷の山を越えていった。デッキには貨物がぎっしり積まれている。つまずきながら船室まで下りていくと、非常口まで貨物にふさがれているのが見えた。

そのとき、しまったと思った。バタバタしていてエロルにちゃんとお別れを言わなかったうえ、名刺をもらうのも忘れてしまった。あわててデッキまで駆け戻ったが、すでに彼の姿は消えていた。

他のわずかな船客はウクライナ人女性で、船員は全員がロシア人だった。英語を話す人は誰もいない。夕食でどうにか食べられたのはスープだけ。船はまるで出航する様子がなく、アガサは船室に戻り、本を読みながら眠りに落ちていった。

翌朝目覚めたときも、船はまだ港に停泊していた。それでも、ようやく出航した。最初のうちはデッキの貨物の隙間に立ち、船が進んでいくボスポラス海峡沿いの宮殿を眺めて退屈しのぎができた。しかし、いったん黒海に出ると、見渡す限り海が広がっているばかりで、アガサは船室にひきとった。この旅を乗り切れるかしら、と不安になってきた。イスタンブールのホテルをチェックアウトする前に、バラクラヴァの〈ダッカー・リゾート・ホテル〉をネットで予約していたし、タクシーに港まで迎えに来てもらうように手配してあったのだが。

二日後、唯一口にできたスープもさすがに喉を通らなくなり、臭いトイレをまた使うことに怖気(おぞけ)をふるっていたとき、ようやく目的地に到着した。

ウクライナ人女性とその大量の買い物――マットレスまで買いこんでいる人もいた――といっしょに税関をどうにか通過すると、彼女の名前を書いたボードを掲げたタクシーの運転手がいたので、ほっと胸をなでおろした。

文明化されたホテルで笑顔の美しいフロント係に出迎えられ、よく設備の整った部屋に案内されるのは、なんてありがたいのだろう！　フロント係は言った。「あの船で到着するというメールをいただいて不安でした。あれは最低の船だと有名なんですよ。無事にここまでたどり着けないのではないかと心配していました」

アガサはシャワーを浴びて着替えた。それからフロントに下りていき、さっき出迎えてくれたフロント係に、明日、軽騎兵旅団の突撃の戦場跡に連れていってくれるガイドと通訳の手配を頼んだ。

しかし、翌日は時間のむだになった。突撃の戦場跡が見たい、それはクリミア戦争のあいだの一八五四年十月二十五日に起きた戦いで、百十八人が亡くなり、百二十七人が負傷したのだ、とガイドに説明したが、むだだった。ノートを取り出して、フェデュハール高原とコーズウェイ高原のあいだの谷間に行きたい、とさんざん訴えても聞いてもらえなかった。

若くてきれいな通訳のスヴェトラーナは辛抱強くガイドに通訳してくれたが、ガイドの男はアガサをソビエトの第二次世界大戦の記念物に次から次へと連れ回した。どこもロシア共産主義に支配された場所で、筋骨隆々とした青年たちがあちこちを指さし、さらに筋骨隆々とした女性たちが見えない敵をにらみつけていた。

アガサの心中を察したスヴェトラーナは、明日の朝、観光バスを迎えに来させると言ってくれた。おかげで、アガサはようやく戦場跡に立つことができた。しかし、そこはブドウ畑が広がる平原になっていた。馬の骸骨も、うち捨てられた銃もなく、太陽の下、のどかで穏やかな風景が広がっているばかりだ。歴史上もっとも有名な騎兵隊の突撃など、まるで起こらなかったみたいに。

アガサは疲れ果ててホテルに戻ってきた。お気に入りのフロント係が笑顔で出迎えてくれた。

「イギリス人のお客さまがお二人、ついさっき到着されたところです。お話し相手になるかもしれませんね。ミスター・レイシーとミス・ブロス＝ティルキントンとおっしゃいます」

後を追いかけてきたと思われるわ、とアガサはあせった。まったくの偶然なのに！

「チェックアウトするわ」アガサは言った。「すぐに出発する。それからイギリス人の宿泊客たちに、わたしのことは黙っていてね。どうやってこの土地から出られるかしら」

「シンフェロポリ空港で飛行機に乗れます」

「タクシーを呼んでちょうだい！」

ジェームズ・レイシーはホテルの窓辺に寄った。フィアンセのフェリシティは眠っていた。彼はかすかな不安を覚えていた。フェリシティを愛したのは、あの大きな目で彼を見つめながら、彼のひとこと、ひとことに聞き入っているように見えたからだ。

しかし、飛行機に乗って騎兵隊の突撃について熱心に語っていたとき、フェリシティが座席でそわそわしているのに気づいた。本当に自分の話を聞いているのだろうか、という疑問が初めて湧いた。「突撃の命令が発せられると、谷間に宇宙船が着陸して、宇宙人たちが降りてきたんだ」

「すばらしいわね」フェリシティはささやくように言った。

「聞いてなかったんだね！」

「ちょっと疲れただけよ、ダーリン。何を話していたの？」

ホテルの下でちょっとした騒ぎが起きているようだ。ジェームズは窓を開けて身をのりだした。女性がつまずき、そのままタクシーにころがりこんだ。ちらっとしか見えなかったが、その女性はアガサだと確信した。聞き慣れた声がクリミアの空気を震わせている。「最低最悪！」

ジェームズは階段を駆け下りホテルから飛び出したが、タクシーは走り去ったあとだった。携帯電話を取り出し、コッツウォルズにいる友人のビル・ウォン部長刑事に電話した。

「ビル」ジェームズは言った。「アガサはわたしの婚約で動揺したようなことを口にしていなかったかい？」

「いいえ」ビルは言った。「率直に言って、彼女は動揺していないと思います」

「しかし、たった今、ここ、バラクラヴァにいたんだ。アガサは軍隊の歴史にはまったく興味がない。わたしを追いかけてきたんじゃないといいんだが」

ビルはアガサの忠実な友人だった。「ただの偶然ですよ。あるいは見間違ったんでしょう」

ジェームズはまたホテルに入っていくと、アガサ・レーズンという女性がたった今チェックアウトしたか、とフロントでたずねた。フロント係はお客さまの情報については一切教えられません、ときっぱりと答えた。


アガサはイスタンブールに戻り、必要としていた休暇をとり、骨休めをすることにした。有名な観光地をいくつか訪ねた。アヤソフィア・モスク、ブルー・モスク、スパイスマーケット。ここで『００７　ロシアより愛をこめて』でジェームズ・ボンドが吹き飛ばされたのだ。それからボスポラス海峡沿いにあるドルマバフチェ宮殿。週末には友人のミセス・ブロクスビーに電話した。村のニュースを報告してから、ミセス・ブロクスビーは言った。「出発してすぐ、ジェームズがあなたを捜して訪ねてきたわ。戦場跡のガイドブックシリーズを執筆する契約をしたんですって。まずウクライナに行き、そのあとでガリポリに向かう予定だそうよ。イスタンブールはいかが？」

「いいところよ。たくさん食べて、ずっと読書をしているわ」

電話を切ると、ブラックベリー端末を取り出し、ガリポリをグーグルで調べた。一九一五年に大英帝国とオーストラリア、ニュージーランド、フランスの連合軍がトルコのガリポリで上陸作戦を展開したが失敗したのだった。

行くべきだろうか？　アガサの良識ある心はやめろ、と言った。しかし頭には、アガサの博識ぶりにジェームズが魅了される姿が浮かんだ。彼はクリミアにアガサがいることを知らないだろう。行った日付をずらし、昨年に行ったと言えばいい。ほら、これでわかったでしょ、ジェームズ、わたしは軍隊の歴史にとても興味があるの。わたしのことなんて、これっぽっちも理解してなかったのね。

アガサは〈ダッカー・リゾート・ホテル〉に電話して、まだジェームズがいるかどうか確認することを一瞬だけ考えた。だが、いるにちがいないと結論づけた。いろいろリサーチをして、書かねばならないことがあるはずだ。

アガサは英語を話せるタクシー運転手をどうにか見つけた。連合軍の上陸作戦はガリポリ半島の先端で起きたので遠いし、オーストラリア軍とニュージーランド軍がエーゲ海経由で上陸した半島北部のANZAC(アンザック)ビーチで手を打つことにした。タクシー運転手はイスタンブールから数時間で行けると請け合った。

その有名なビーチに着いた頃には、たたきつけるような土砂降りになっていた。アガサは何枚か写真を撮り、両軍の戦死者に捧げられた記念碑の心を打つ献辞を読んでから、ぐったりと疲れてタクシーに乗りこんだ。イスタンブールから動かず、この場所のことは資料を調べてすませればよかった、と悔やんだ。

タクシーが幹線道路に合流しかけたとき、ジェームズがハンドルを握り、フェリシティが助手席にすわる車が目の前を走り過ぎた。彼女はとっさに座席に身を伏せたので、運転手は目を丸くした。

その晩、またもやジェームズからビル・ウォンに電話がかかってきた。

「よく聞いてくれ、ビル、ガリポリで彼女を見かけたんだ。わたしを追いかけてきてるんだよ！　彼女の様子を探ってもらえないかな。わたしの婚約がよほどショックだったんじゃないかと不安なんだ」

ずっとあとになって、アガサはふたつの有名な戦場跡を訪ねたことを後悔し、すべては階段をころげ落ちたせいだと考えた。頭を打ったにちがいない。どうしてあんな馬鹿な真似をしてしまったんだろう？

コッツウォルズのカースリー村にある懐かしいわが家に戻り、仕事に復帰すると、ジェームズに対する執着は消えた。

ジェームズには絶対に見られていないはず。それに、みんなにはずっとイスタンブールで過ごしていたと言ってあるし、と自分を安心させた。

家に帰ってきてまもなく、気持ちのいい土曜の午後に、アガサはミセス・ブロクスビーを牧師館に訪ねることにした。

牧師の妻はアガサを歓迎した。「たぶん、煙草を吸いたいでしょうね、ミセス・レーズン。だけど、庭だととても寒いわ」二人ともカースリー婦人会に所属していて、そこではお互いを苗字で呼び合う習慣があったので、親しい友人同士でも、いまだにその習慣を破れずにいた。

「煙草がなくても我慢するわ」アガサはため息をついた。「まったく過保護国家よね。一週間に二十八軒のパブがつぶれているって知ってる？」

「〈レッド・ライオン〉も苦境に陥っているみたい」

「まさか！　この村唯一のパブでしょ？」

「みんな、助けになろうとしているんだけど、煙草が吸えない店ではお酒を飲みたがらない人が多いのよ。ジョン・フレッチャーはこれほどひどい打撃を受けるとは思っていなかったようね」

「店の裏にとても広い駐車場があるでしょ」アガサは言った。「大テントみたいなものを建てて、ヒーターを置けばいいわ」

「今はそれをするお金がないみたい」

「じゃあ、わたしたちで寄付金を集めた方がよさそうね」アガサは言った。

「それができるとしたら、あなたよ」アガサはかつてPR会社を経営して成功したのだ。

「ミスター・レイシーの結婚式には行くつもり？」ミセス・ブロクスビーが話題を変えた。

「もちろん。フェリシティの地元の村で結婚する予定でしょ、サセックスのダウンボーイズだったかしら。たぶん列席者全員に宿泊場所を手配してくれるのよね？」

「それについて訊いてみたんだけど、宿の予約はおのおのでやるみたい。すぐ近くにヒューズっていう町があるわ」

「しみったれね！　まだ部屋がとれるといいけど」

「あなたの部屋は確保されているわよ。トニ・ギルモアも招待されているでしょ。あなたは留守だし、部屋が足りなくなると見込んで、ヒューズの〈ジョリー・ファーマー〉に二人用の部屋をもう予約してあるんですって」

ドアベルが鳴り、ミセス・ブロクスビーは立ち上がって玄関に向かった。しばらくしてビル・ウォンを連れて戻ってきた。ビルは中国人とイギリス人のハーフだった。強いグロスターシャー訛り（なま）があり、東洋的なところといえば、とても美しい切れ長の目だけだ。

「やあ、アガサ」ビルは言った。「ここで見つかると思いましたよ。元ご主人を動揺させたみたいですね」

「何のことだか、さっぱりわからないわ」アガサの頬が紅潮した。「ご両親はお元気？」

だが、ビルはごまかされなかった。「ジェームズがクリミアから電話してきたんです。あなたを見かけたって。それからガリポリに行ったら、そこにもあなたがいた。後をつけられていたと思っているみたいですよ」

「もう男性のうぬぼれときたら、あきれるわね。意外じゃないけど」アガサは言った。

「だけど、いったい向こうで何をしていたんですか？」ビルは質問した。

「まったくの偶然よ」アガサは言った。「わたしは休暇をとっていた。ご存じのようにジェームズの妻だったから、軍隊の歴史についてはかなり詳しいのよ」

「へえ、本当に？　ウォータールーの戦いは何年ですか？」

「ミスター・ウォン」ミセス・ブロクスビーが穏やかにたしなめた。「あなたは非番なんだし、容疑者を取り調べているんじゃないでしょ。お茶、それともコーヒー？」

「コーヒーをお願いします」

ミセス・ブロクスビーはコーヒーを出すと、村のパブを救うためにどうやって寄付金を集めるのか、とアガサにたずね、アガサとビルのあいだの重苦しい沈黙を破った。ビルの追及から逃れたかったので、アガサは地元の新聞でまずキャンペーンをして、それから寄付金集めの催しを開いたらどうか、と提案した。「喫煙者の有名人を呼べると思うわ」アガサは言った。

ビルはミルセスターの警察署でシフトにつくために、しばらくして帰っていった。彼はジェームズに電話することにした。今はサセックスのダウンボーイズにあるフエリシティの両親の家に滞在しているはずだ。

「今日、アガサと話しましたよ、ジェームズ。戦場跡で何をしていたかはわかりません。でも、アガサは競争心が強い人間です。もしかしたら自分もガイド本を出そうと考えたのかもしれない。まあ、様子を見ていた方がいいですね。ただし、あなたにつきまとっていたとはとうてい思えませんよ」

コリンズ部長刑事が、ビルの部屋の外で聞き耳を立てていた。彼女はビルに嫉妬していたし、非常に野心家だったので、彼の電話をしょっちゅう立ち聞きして、折あらば出し抜こうと企んでいた。しかし、今回の電話は重要ではなさそうだ。あのいまいましい女、レーズンについての雑談だから。

アガサにとって結婚式までの日々はあっという間に過ぎ、気づくともう前日で、トニの車でサセックスに向かっていた。ミルセスターでトニに拾ってもらうと、運転も頼むことにした。また股関節が痛くなりはじめていたのだ。医師からは股関節の手術をすることをいい加減、真剣に考えるべきだ、と言われていた。

トニは黒いTシャツの上に革ジャケットをはおっていた。太い革ベルトをほっそりした腰の低い位置に巻き、黒いズボンの裾をアンクルブーツに押しこんでいる。ブロンドの髪は短いレイヤーカットにしていた。

アガサは横目でトニをちらっと見て、ため息をついた。体重は減ったとはいえ、体形は最近さらにたるんできた気がする。運動をずっとサボっていたせいだ。五十代前半はまだまだ若いと感じることもあるが、まぶしいほど若いトニの隣にすわり、美しく若い女性と元夫との結婚式に向かっていると、自分がとんでもなく年寄りに思えてきた。脚はまだきれいだし、茶色の髪は豊かで艶があることなんて、今のアガサの念頭にはなかった。

田舎の風景がぐんぐん後方に流れていく。「半里、半里、また半里前進する」アガサはつぶやいた。

「ああ、学校で習いました」トニが言った。「『テニスン氏軽騎兵隊進撃の詩』ですよね」

アガサは顔をしかめた。どこから引用したのか忘れていたのだ。

「その大きなスーツケースには何が入っているんですか？」トニはたずねた。「二日滞在するだけですよ」

「何を着たらいいのか決められなかったの。だから詰めこめるだけ詰めこんできたわ。ドレッシーがいいのか、スマートカジュアルがいいのか、迷っちゃって」

「みんな、カミラ夫人（本書が発表されたのは二〇〇九年）みたいな帽子をかぶるんでしょうね」

「やだ、帽子を持ってこなかった」

「あたしもです。でも、あなたはいつもおしゃれですよ」

「ビジネスはどう?」

「どうにか利益が出はじめています」

アガサは競争心を必死に飲み下した。その欠点のせいで、どうなったか見るがいい。すっかり笑いものになった。せめてジェームズに近づかないようにはできるだろう。

トニはふと思い出して言った。「今夜、ダウンボーイズで結婚式の前夜パーティーがありますよ」

「なぜ?」アガサはうめいた。「結婚式前に新郎は新婦と会わないことになっているのに」

「最近じゃ、誰も気にしないんです」

「どうしてパブに部屋をとったの? ヒューズにはホテルがないの?」

「二軒ありますよ。でも、フェリシティの親戚や友人ですべて部屋がふさがっていたんです。そちらの宿代は花嫁持ちだと思います。たぶん、ジェームズは新郎側の列席者の宿泊代を払うべきだと知らなかったんですね。その〈ジョリー・ファーマー〉っていうパブはとってもリーズナブルです」

「まさか共用バスルームじゃないでしょうね」

「いえ、バスルームは部屋ごとにあります」

「あなたはハリー・ビームといっしょに行くのかと思っていたわ」

「彼はあとから来ます。わたしたちは同じ部屋ですから、いっしょに参列するのに便利ですよ」

ヒューズは川沿いの魅力的な古い市場町だった。パブは古めかしい中庭を囲むように建てられ、ホテル設備もついていた。

二人の部屋は広く、梁の低い天井に花模様の壁紙、寝心地のよさそうなベッドが二台。インターネットにアクセスできる差し込み口のあるデスクまで用意されていた。

「パーティーは何時？」アガサはたずねた。

「今夜の八時です。ビュッフェの夕食が出されるので、食事の心配はしなくて大丈夫そうです」

「どうやってそういうことをすべて知ったの？」

「道順を教えてもらおうと思って電話したら、ビュッフェのことを教えてくれたんです」

「ジェームズはわたしに参加してほしくないわよ」アガサは考えこんだ。「行くのはやめようかしら」

「あたしを一人にしないでください」トニは訴えた。

「あなたにはもう怖いものなんてないでしょ」

「仕事をしているときはね。だけど、イギリスの中流階級に社交の席で会うとなると、ビビっちゃって。貧しい公営団地育ちだってことを見透かされてる気がするんです」

トニはシャワーと着替えの時間をろくにとれなかった。アガサがバスルームを占領し、さらにそれからベッドじゅうにドレスやパンツスーツを何着も広げ、どれを着ていくか迷っていたのだ。ようやくブルーとゴールドのイブニングジャケットに黒いベルベットのミニスカート、ハイヒールに決めた。

トニはミニの白いシフォンドレスにゴールドレザーのハイヒールサンダルだった。アガサはうらやましさで胸が疼いた。ああ、また若くなって、皺と無縁になりたい！

二人とも出発するときは不安だった。トニは社交上の失敗をやらかさないように祈っていたし、アガサは戦場跡を訪ねたことでジェームズに問い詰められるのではないかと恐れていた。

「シラを切ろうっと！」アガサは声に出して言った。

「何のことです？」トニがたずねた。

「気にしないで」

ダウンボーイズの村は十字路の周囲に広がっていた。真ん中に古いパブ、教会、小さな食料品店。とても陰気な感じの場所に見えた。一日じゅう晴れていたので、夜の空には雲ひとつなかったが、木々の幹は湿って黒ずんでいた。

「ええと」トニは膝の紙片をじっと見ながらぶつぶつ言った。「十字路で左折して、数メートル行き、右折して袋小路に入ると、突き当たりがめざす家か。音楽が聞こえる。バンドを雇ったみたいですね。ここだ。やだ！　私道が車でいっぱいです。ここに停めて、歩いた方がよさそうですね」

二人は陽気な音楽が流れてくる方へ歩いていった。

「結婚式前夜は、花婿は男性だけでスタッグ・パーティー、花嫁は女性だけでヘン・パーティーを開くのがまだ主流じゃないの？」アガサは文句をつけた。

「だと思ってました」

ブロス＝ティルキントン家の屋敷は大きなヴィクトリア朝様式だった。玄関ドアが開いている。二人は中に入っていった。蝶ネクタイとレザーのエプロンしか身につけていない若い男が「招待状を拝見」と言った。

「そういう格好がおしゃれだとは知らなかったわ」アガサは言った。

「ぼくは〈ヌードの使用人〉から派遣されて来たんです」青年はにこやかに答えた。彼は二人の招待状を見て言った。「まっすぐ進んでいき、ガラスの両開きドアから庭に出てください。パーティーは芝生の大テントで開かれています」

「ああ、なんて趣味が悪いの！」アガサはつぶやいた。「わたし、時代遅れになってるの、トニ？　あれを見ても、ちっとも興奮しないわ」

「あたしは元気が出ました」トニは言った。「もっと下品な連中に慣れてますから。半裸の使用人はまちがいなく下品ですよ」

アガサはためらった。「わたしはパブに戻って、あとであなたを迎えに来た方がいいんじゃないかしら」

「あなたらしくもない」トニはアガサの腕をつかんだ。「さ、音楽と対決しましょう」

二人はガラスのドアから芝生に設置されたストライプの巨大テントの方に歩いていった。

入り口には、またもや半裸の青年がいた。彼は二人の招待状を受けとり、名前を大声で伝えたが、その声はブラスバンドが大音量で演奏する『メアリー・ポピンズ』のメドレー曲にかき消された。

「食べ物とテーブルがあるわ。何か料理と飲み物をとってきて、すわりましょう」アガサが言った。

「挨拶に回らないんですか？」

「ええ」

「あそこにビル・ウォンがいる。彼と話してきます。そのあとで合流しますね」

アガサはまず一杯飲むことにした。ジントニックを注文して、グラスを隅のテーブルに運んでいってすわった。たちまち探偵事務所のスタッフたちに囲まれた――フィル・ウィザースプーン、パトリック・マリガン、ミセス・フリードマン。

フィルは七十代で、パトリックは六十代前半、ミセス・フリードマンも同様。仲間たちが来てくれてうれしかったものの、五十代前半のアガサは年配の人々に囲まれているせいで、なんだかぐんと年をとった気がしてきた。おまけに、混雑した会場の向こうに、美しい未来の花嫁と腕を組んだジェームズの姿が見えた。

そのとき、ジェームズもアガサを見つけた。彼は何かフェリシティにささやくと、アガサのテーブルまでやって来た。

「ちょっと話したいんだが」ジェームズは声をかけてきた。

「すわって」アガサは笑おうとしたが、ボトックス注射を打ったみたいに顔がこわばっていた。

「二人きりで──外で。あのバンドがうるさくて、話どころじゃない」

アガサはここで大丈夫だと言おうとしたが、そのときバンドが『ナバロンの要塞』の音楽を演奏しはじめた。彼女は立ち上がり、しぶしぶジェームズについて外に出ていった。

彼はちっとも変わらないわ、とアガサはみじめに考えた。長身でハンサムで瞳はブルー、こめかみが灰色になりかけた豊かな髪。

「もっと礼儀正しい言い方が思いつかなくて悪いんだが、きみはストーカーなのか？」

「何を言っているのかわからないわ」アガサはけんか腰で言い返した。

「じゃ、説明させてくれ。バラクラヴァまではるばる行ったら、きみがホテルからあわてて出ていくのが見えた。さらにＡＮＺＡＣの上陸地に行ったら、どうだったと思う？　またもや、きみがそこから帰るところだった。わたしを追いかけていたのか？」

アガサは嘘をつき、きっぱりと否定しようとして口を開いたが、もうどうでもいいわ、という気になった。彼はもうすぐ結婚するのだ。

「戦争の話をちゃんと聞いていなかったって婚約パーティーでなじられたでしょ。とても腹が立って、あなたがまちがっていることを思い知らせてやりたかった。ちょうど休暇をとることになったから、軍隊の知識を仕入れて、あなたを驚かせようと思ったのよ。階段から落ちたせいで、頭がどうかしていたにちがいないわ」

ジェームズはげらげら笑いはじめた。

「ああ、アガサ、きみはユニークな人だな。それからこう言った。

夜の装いはとてもすてきだね。仕事の方は——？ ちょっと散歩して別のことを話そう。今

半裸の青年の一人がいきなり横に現れた。「ミスター・レイシー、フィアンセがお話ししたいとおっしゃっています」

「わかった。すぐに行くと伝えてくれ」

「〈ヌードの使用人〉から派遣してもらうのは、誰のアイディアだったの？」アガサはたずねた。

「フェリシティがおもしろそうだと言いだしたんだ」

「で、あなたもそれに賛成したわけ？」

「アガサ、嫌味はやめてくれ。これだけは言っておくよ」ジェームズはふいに言葉に熱をこめた。「明日に控えたこのいまいましい結婚から逃げられる方法を思いつけるなら、喜んで実行するってね」

「彼女を撃ち殺したら？」

「ふざけないで。おい、こそこそ盗み聞きするのはやめてくれ！」あとの言葉は、ジェームズの隣で熱心に聞き耳を立てていた半裸の青年に向けられたものだった。

「あなたがどこにいるのか、とミス・フェリシティが気をもんでいらっしゃることをお伝えしに来ただけです」青年はむっとして言い返した。

「今行くよ」ジェームズはあきらめたように答えた。

アガサは悲しい思いで、去っていく彼を見つめていた。

2

アガサはテーブルに戻っていった。チャールズとブロクスビー夫妻がやって来た。それにハリー、トニ、ビル、アガサの元部下のロイ・シルバーも仲間入りした。いくつかのテーブルをくっつけて、さながらコッツウォルズグループを作った。バンドは休憩をしていたので、ようやく会話をすることができた。

「ブロス＝ティルキントン夫妻はごくふつうの落ち着いた人たちみたいね」ミセス・ブロクスビーが言った。「たしかに〈ヌードの使用人〉には度肝を抜かれたけれど」

「あれはフェリシティのアイディアだったのよ」アガサが教えた。

「なんてこった」ビルが言った。「ジェームズはそういうことをどう思っているんだろう」

「さらに悪いことが待ってますよ」トニが言った。

「どんな？」アガサはたずねた。

「パーティーの最後に、どの使用人がいちばんハンサムか投票するんです。それから、その使用人は競り落とされます」

「売春のあっせんをするってこと?」アガサはあ然とした。

「いえ、競り落とした人は〈ヌードの使用人〉の膝にすわれることになってます。それ以上のことはありません」

牧師のアルフ・ブロクスビーが立ち上がった。「われわれは失礼します」

ミセス・ブロクスビーも反論しなかった。「ここはわたし向きじゃないみたいだわ、ミセス・レーズン」

「わたしだってそうよ」アガサは言った。「だけど、トニをつきあわせるのは悪いわ」

「いえ、いつだっておつきあいします」トニは言った。「フェリシティには若い友だちがいないんですかね? だって彼女と同世代は五人ぐらいですよ。残りはみんな年寄りばかりで、ヌードの使用人たちをいやらしい目つきで見ています。ぞっとする」

アガサはためらった。「ジェームズの友人数人と妹さんをのぞけば、新郎側の友人はここにいるわたしたちだけよね。全員が立ち上がって出ていけば、無作法に見えるわ。そもそも、ホストにお礼を言わなくちゃならないだろうし、全員でぞろぞろと別れの挨拶をしに行くのはまずいわよ」

ブロクスビー夫妻はまた腰をおろした。「そのとおりね」ミセス・ブロクスビーは同意した。「何か起きて、パーティーがお開きになってくれたらいいのに」

ハリーとトニは顔を見合わせた。ハリーがいきなり言った。「トニとちょっと新鮮な空気を吸ってきます」

トニとハリーが出ていってすぐに、怒り狂ったフェリシティがアガサの目の前に現れた。

「ジェームズのこと、放っておいてよ」彼女は叫んだ。「彼をストーカーしていたことは知ってるのよ。彼につきまとっているんでしょ。あの人に近づかないで！」

会場はしんと静まり返った。

「怒ると美しいとは言えないな」チャールズが意見を述べた。「ヘビそっくりだった」

「いい考えがある？」外に出ると、トニがたずねた。

「張り綱を切るとか」

「大テントがみんなを押しつぶしたら、事故になるんじゃないかな」トニは言った。

「テントの周囲を歩いてみよう、何か思いつくかもしれない」

二人は大テントの裏側に回った。芝生の先は小さな川になっている。

「あれを見て！」トニが言った。「左手の方」

ハリーがそちらを見ると、フェンスで囲まれた中庭に犬舎があり、四匹のジャーマンシェパード犬がいた。

「あれが外に出たら、まっすぐ食べ物のところに走っていくよね」トニが言った。

「お客を襲ったら？」

「ああいう犬は命令されたときしか人を襲わないように訓練されているはずよ。どうする？」

二人は犬舎に近づいていった。「おなかがすいているみたいだな」ハリーは言った。

「じゃ、この門の掛け金を開けっぱなしにして、門が自然に開くままにしよう」

「近くに小屋がある」トニが言った。「飼育員があたりにいないか確認しようよ」

二人は小屋の開いているドアをのぞきこんだ。がっちりした男が空のウィスキー瓶を放りだして、ぐっすり寝ていた。コンロには馬肉をゆでている鍋がかかっている。

「えさをやるのを忘れたんだ」ハリーは言って、コンロのガスを消した。

「ブロス＝ティルキントンは、どうしてジャーマンシェパードを四匹も飼っているのかな？」

「すごい金持ちみたいだもの。最近はみんな神経質になってるんでしょ」

ハリーはハンカチでつまんで掛け金を持ち上げた。「ぼくの父も以前、ジャーマンシェパードを飼ってたよ。みんな、いい子そうだ。下がれ！　食べ物がほしいだけみたいだ」

門が勢いよく開いた。犬たちは鼻をうごめかせた。夜の空気には食べ物の匂いがあふれている。

四匹は犬舎からそろそろと出た。それから、前方の食べ物めざして、四匹そろって矢のように走りだした。

「かわいそうに、ジェームズは穴にでも入りたがっているみたいな顔つきだ」投票を知らせるドラムの音が響くと、ビル・ウォンは言った。

フェリシティの母親のオリヴィアはバンドの前のマイクに近づいた。彼女は角張った体にピーチ色のシルクをまとっていた。髪の毛は真っ白でヘアスプレーでがっちりと固められていたので、まるで鋼鉄のヘルメットをかぶっているかのようだった。

「さて、ご婦人方、みなさん、お待ちかねのときがやって来ました」彼女の横には作り笑いを浮かべた五人のヌードの使用人たちが並んでいた。

そのとき、犬たちがテントに飛びこんできた。一匹がビュッフェテーブルに飛び乗ると、残りもそれにならい、白いテーブルクロスをひきずりおろし、食べ物の皿を四方八方に飛ばした。ゲストたちは悲鳴をあげ、一斉にテントから逃げだした。フェリシティの父親は、ジェリーという名前を大声で呼んでいる。

テントから出ると、ゲストたちは大急ぎで車に乗りこみ、たちまちあたりにはエンジンをかける音が次々に響いた。

アガサはかたわらにトニがいるのに気づいた。「ここから出ましょう」トニは息を切らして言った。

「あなたがやったんじゃないわよね？」

「訊かないでください。さあ、車に乗って」トニは言った。

「わからないのは」その晩、トニとそれぞれのベッドに寝そべりながら、アガサは言った。「ジェームズがどうしてあそこまで許可したのかってことよ」

「たぶんフェリシティと頻繁に旅行していたせいですよ。彼女の両親がどんなに悪趣味な連中か、ジェームズは知らなかったのかもしれない」トニはあくびをこらえながら言った。「それにあのジャーマンシェパード！　ちゃんとした防犯装置があれば、あんな犬を飼わなくても、それで充分ですよね」

「明日が早く終わるといいんだけど」アガサはうめいた。「顔を隠す帽子を持ってくればよかった。明日の朝早く出かけて、お店を回ってみようかしら。ところで、結婚式の教会ってどこにあるの？」

「聖ボトルフ教会っていう名前です」トニは眠そうだった。「村のど真ん中ですよ。すぐわかります。パーティーに行くときに見かけました」

「もうジェームズは結婚したがっていないの。わたしにそう言ってた」

「じゃ、どうして逃げださないんですか？」

「もはやあとには引けないからでしょ」アガサは悲しげだった。「あの娘、いなくなればいいのに」

翌朝トニが目覚めると、枕元にメモがあった。「帽子を探しに行ってくる。遅くなっても心配しないで。タクシーを拾って教会に行くから。アガサ」

アガサはトニのために多くのことをしてくれた。酔っ払いの家庭から救いだしてくれたうえ、部屋と車を提供してくれた。だから、しばしば高圧的な態度をとるアガサから短時間でも自由になれてうれしいと感じたことに、トニは少々うしろめたさを覚えた。

シャワーを浴びて、麦わら色のシルクのスーツに着替えた。トニは時計を見た。アガサはまだ帰ってこない。教会に遅刻したくなかった。ゆうべ見たら駐車場のわきには空き地がなかった。とても高いヒールの靴をはいているので、できるだけ教会に近いところに車を停めたかった。

とうとう、先に行くことにした。部屋を出ると、やはり〈ジョリー・ファーマー〉に泊まっているビル・ウォンにばったり出会った。

「アガサはどこ？」ビルはたずねた。

「帽子を買いに行ったの。待たないでいいって言ってた。タクシーを拾うって」

「大丈夫かな？　今回のことは実は嫌で嫌でたまらないんじゃないかと思うけど」

「ううん、大丈夫よ」

「犬たちを放したことに、きみは関係しているのかい？」ビルは質問した。

「あたしが？　いえ、まさか。今は勤務中じゃないでしょ、ビル」

「ああいう犬は人を襲ったかもしれない」

「だけど襲わなかった、でしょ？」

「うん。飼育係だか何かが来て連れていったしね」

パブの外で、トニは言った。「急がなくちゃ。アガサが時間どおりに来てくれるといいけど」

暖かい春の日で、淡いブルーの空にはふわふわした雲がいくつか浮かんでいたが、よく晴れていた。しかし、暖かい日にもかかわらず、古い教会の内部は寒くて湿っぽかった。トニはコッツウォルズのグループに合流し、アガサの行き先について小声で伝えた。

ジェームズが聖具保管室から新郎付き添い人といっしょに現れた。軍隊時代からの旧友、ティム・ハラントだ。牧師は定位置についた。オルガンの演奏がおごそかに始まった。

「外に出て、アガサがいないか見てきます」ロイはささやいた。彼は白いスーツに白いパナマ帽をかぶっていた。

「デルモンテの男みたいで、今にも『イエス』って言いそうだね」ハリーがささやいた（一九八五年から一九九一年に放送されたデルモンテのCMに登場した白いスーツにパナマ帽の男のこと。農園で作物を手にとって「イエス！」と言う）。

オルガンの演奏は続いていた。列席者がそわそわしはじめた。新しい列席者が入ってきたが、家族の友人シルヴァン・デュボアだった。

ふいにロイが戻ってきて、教会の入り口から叫んだ。「彼女が来ます！」

オルガンの音楽が止み、教会じゅうにいきなり〈ユール・ネヴァー・ウォーク・アローン〉の旋律が響き渡った。

みんな振り返ったが、がっかりしてまた前を向いた。入ってきたのはアガサ・レーズンだった。クジャクの羽根を飾った風変わりな縁なし帽をかぶっている。

彼女とロイはトニの隣に滑りこんできた。「どうしたの？」アガサが声をひそめてたずねた。「花嫁はどこ？」

「わかりません」ビルが言った。彼は振り返って入り口を見た。「おっと、トラブルがやって来た。トニ、もしも犬の件に関わっていたんなら、やっかいなことになるぞ」

ぎくりとして、トニは私服刑事が数人の警官を従えて通路を進んでくるのを見た。刑事はオリヴィア・ブロス＝ティルキントンにかがみこむと、何か言った。突然悲鳴があがり、ハンマービーム仕上げの天井に反響した。

それから刑事は列席者に向き直った。「ミス・ブロス＝ティルキントンが事故に遭いました。警官に名前を伝えてください。その後こちらが許可するまで、この町から離れず、すぐに事情聴取に応じられるようにしていてください」

牧師はオリヴィア・ブロス＝ティルキントンを慰めようとしていた。オリヴィアは取り乱して列席者を見回していたが、その視線がアガサに向けられた。アガサは帽子を脱いでいた。

「あの女よ!」オリヴィアは叫んだ。「人殺し! あんたが娘を殺したのね!」

彼女はわっと泣きくずれ、牧師に聖具保管室に連れていかれた。

テーブルが入り口に運ばれた。三人の警官はそこにすわり、出ていく人々の名前と住所を書き取った。

アガサはゆっくりとテーブルに近づき、名前と住所を言いかけたが、名前を口にするなりさえぎられた。

「教会に戻って、こちらが声をかけるまですわっていてください、ミセス・レーズン」警官が言った。

茫然としながらアガサは戻っていき、椅子にぐったりとすわりこんだ。いったい何が起きたというの?

アガサの友人たちは何があったのか気をもみながら、パブのラウンジで待っていた。ビル・ウォンは状況を探ってくると言って、教会に戻っていった。

牧師のミスター・ブロクスビーはいらだたしげに言った。「ミセス・レーズンのせいでやっかいな羽目になるにちがいない」

「これは彼女とは何の関係もないですよ」トニが反論した。「彼女は帽子を買いに出かけていたんですから」

ビル・ウォンが入ってきた。「フェリシティが撃たれたんです」

困惑の叫びがあがった。

「それで、アガサはどこなんですか？」ロイがたずねた。

「すぐに来ますよ」

「彼女を撃てた人なんている？」トニが首をかしげた。

「警察の捜査を待つしかないな」ビルは言った。

「酒を注文しないか？」チャールズが提案した。「一杯やりたい気分だ」

「それはご親切に」ロイがうれしそうに言った。「ぼくはウォッカのレッドブル割でお願いします」

「わたしがおごるって言ったんじゃないよ」とチャールズ。「大勢すぎる」

「めいめいで注文しましょう」ビルは女性バーテンダーに合図した。自分の注文をすると、彼は外に出ていった。携帯電話でミルセスター警察に電話し、もう一日こちらにいなくてはならないかもしれないと説明した。また地元警察に行って探りを入れたかったが、管轄がちがうと、さっき冷たく追い払われたところだった。

ミルセスター警察では、ウィルクス警部がコリンズ部長刑事に命じた。

「南地区の押し込み強盗事件はきみが引き継いでくれ」

「ウォンはどうしたんですか？」

ウィルクスは説明した。

コリンズの目が憎悪にぎらついた。「あのレーズンっていう女の仕業にちがいないですよ」

「なぜ？」

「ビルの部屋をたまたま通りかかったら、アガサは元夫にストーカー行為はしていない、とビルが誰かに伝えているのを聞いたんです。だけど、どっちみち友だちなんだから、そう言うに決まってる。アガサには殺人の動機があります」

「そうか、新たなことがわかるまでは、きみの任務をこなしてくれ、コリンズ。ただし、他人の私的会話の立ち聞きは任務には含まれない、と言っておくよ」

二時間過ぎてもアガサが戻ってこなかったので、ビルはもう待ちきれなくなり、様子を探るために出ていった。

「土曜日でよかったです」トニが言った。「探偵事務所の仕事がありますから。月曜までには帰れるでしょう」

だらだらと時間が過ぎていった。全員がディナーのためにパブの食堂に入っていった。ただし、パトリック・マリガンは別だ。彼は引退した警官だったので、アガサがどうなっているのか署の誰かに訊いてくると言って出かけたのだ。彼はこれまでにも警察の口を開かせる見事な手腕を発揮していた。

食後、彼らは憂鬱な気分でバーに戻ってきた。そろそろ寝ようかと言い合っていたとき、パトリックが暗い顔で戻ってきた。

「アガサとジェームズは事情聴取のために引き留められている」彼は報告した。

「なぜ？」チャールズがたずねた。「どちらの犯行でもないことは絶対にわかっているはずだ」

パトリックは首を振った。「共謀したかもしれないと疑っているらしい。検死の結果がすべて出るのを待っているところだが、窓から撃たれたのが死因のようだな。窓が大きく開いていたし、外には大きな木があり、何者かが木に登って彼女を撃ったらしい。

父親の話だと、フェリシティはウェディングドレス姿で、メイクを直すために部屋に上がっていったそうだ。銃声は聞いたが、このあたりの森ではしょっちゅうウサギや何かを撃つ音がしているし、フェリシティの部屋は家の裏手にあるんだ」

「ブライズメイドはどうなんですか？　きっと彼女たちは何かを聞いているんじゃ？」ロイが言った。

「ひと足先に教会に行っていたんだ。父親がしびれを切らして娘の様子を見に行って、死んでいるのを発見した」

「あのフランス人」チャールズが言いだした。「あいつは教会に遅れてやって来たぞ」

「シルヴァン・デュボア？　彼には鉄壁のアリバイがあった。彼女が殺害されたとおぼしき頃、ダウンボーイズを出てすぐのガソリンスタンドで給油していたし、監視カメラにはっきりと映っていた。彼は真っ赤なジャガーを運転しているんだが、たくさんの人がガソリンスタンドから教会までの道で車を見かけている」

「だけど、給油してから屋敷に戻ってフェリシティを殺し、教会に現れることはできるんじゃないですか？」トニがたずねた。

「車に乗ったあとにまっすぐ教会に向かうところが目撃されていた」パトリックは言った。「家の近辺では誰も彼の姿を見ていないんだ」

「ジェームズを勾留することはできないはずよ」とミセス・ブロクスビーが言った。

「付き添い人が朝からずっといっしょだったでしょ」

「ああ、それでまずいことになっていてね。彼は今朝早く、ダウンボーイズでアガサとしゃべりながら歩いているところを目撃されたんだ」

チャールズが腰を浮かせた。「お先に失礼して、アガサに弁護士を手配してきた方がよさそうだ」

「明日、弁護士が来ることになっていて、彼女は弁護士がこっちに来るまで一切の質問に答えることを拒否している。いまいましいことに、〈ヌードの使用人〉の一人が、ジェームズが結婚から逃げたい、と言ったら、アガサが『彼女を撃ち殺したら？』と言った、という証言をしたんだ」

うめき声があがった。トニはハリーの方を向いた。「アガサが警察署から解放されるまで、あたしはここに残っているね」それからパトリックに言った。「アガサが明日も勾留されていたら、あなたは戻ってフィルとミセス・フリードマンに仕事の指示を出した方がいいですよ。ブロス＝ティルキントン家なんて大嫌い」彼女はきっぱりと言った。「〈ヌードの使用人〉のことで馬鹿みたいに騒いでいたし、四匹もジャーマンシェパードを飼うなんて、ふつうじゃないでしょ？」

ロイは居心地悪そうにすわり直した。彼はロンドンの会社のPR担当の地位を、かつての上司だったアガサの訓練と助力のおかげで手に入れていた。アガサはPR業界にうんざりして、ロンドンの会社を売却して早期退職し、こっちに来て探偵事務所を開いたのだった。「実は大きな案件を抱えているんです。明日までしか、こっちにいられません」

「あ、そう、じゃあ、とっとと帰りなよ、恩知らず」トニは手厳しかった。きちんとしたしゃべり方は、彼女が育った地元の乱暴な口のきき方に戻っていた。

「ああ、そうするよ」ロイは立ち上がって歩み去った。

「全員が動揺しているわ」ミセス・ブロクスビーがとりなした。「今夜は何もできることがないし、みんな、ベッドに入りましょう」

だがロイは二人の刑事にはさまれて戻ってきた。一人の刑事が彼らに近づいてきた。

「わたしはボース主任警部です。こちらはファルコン部長刑事。これは大変重大な事件です。この地域ではブロス＝ティルキントン家はとても尊敬されていますからね。全員から供述をいただきたい。パブの経営者から事務所を使っていいと許可を得ています」彼はリストを見た。「ミス・トニ・ギルモア？」

トニは立ち上がった。「こちらに来てください」

トニは二人のあとからオフィスに入っていった。小さな部屋で、金属製デスクとプラスチック製椅子が二脚、ファイルキャビネットが三つ、大きな金庫が置かれていた。デスクの奥の壁にはサセックス・ダウンズの下手くそな絵がかけられている。

ボースは血色の悪いたるんだ顔をした長身の男で、髪は灰色になり、力のない涙っぽい目をしていた。ファルコンはもっと背が低くて小太り、黒髪で、青い目はびっくりするほど大きかった。

「さて、ミス・ギルモア」ファルコンが言った。「結婚式の前の行動を教えてください」

トニは語った。ボースは煙草を取り出して火をつけ、壁に「禁煙」という大きな掲示が出ている部屋に遠慮なく煙を吐きだした。

「ミセス・レーズンが今朝残したメモをまだ持っていますか？」

「持っているはずです」

「あとで提出してください。さて、ミセス・レーズンはこの結婚がうれしくなかったし、元夫にまだ執着している、と信じる理由をわれわれはつかんでいます」

「そう考える理由は何も思いつきません」

「ミセス・レーズンがウクライナからトルコまでミスター・レイシーを追いかけてい

ったことを知っていますか？」

「いいえ、知りませんでした」トニはびっくりした。休暇でトルコに行ったとしか、アガサは言っていなかったのだ。しかも、ジェームズをどこかで見かけたとは、ひとことも口にしていなかった。「休暇でトルコのイスタンブールに行ったことは知っています。でも、以前にもそこに行ったことがあり、町を気に入っていたからです」

聴取は続いた。自分の探偵事務所を設立する前に、どのぐらいアガサの下で働いていたのか？

デスクの上のテープレコーダーがシュルシュル回っている。トニはアガサが容疑をかけられているのかと、とても怖くなってきた。

「ミセス・レーズンの親友は誰だと思いますか？」

「全員が親しい友人ですけれど、ミセス・ブロクスビーがいちばん親しいと言えると思います」

「彼女を呼びましょう。許可を与えるまではヒューズを出ないでください」

ミセス・ブロクスビーがオフィスに呼ばれると、トニはぐったりと椅子にすわりこんだ。

「朝になって商店が開いたら、彼女があの帽子を買った店を見つけ、そこからの足どりをたどった方がいいと思う」

「時間のむだだというのに、警察は本気で、われわれ全員を聴取するつもりなのか？」チャールズがたずねた。

「そのようですよ」トニは言った。「あたしはもう寝ます。朝すっきり目覚めて探偵仕事に取り組めるように。八時に朝食で集まりましょう――探偵たちはね――あたしとハリー、パトリックとフィルは。あなたは、チャールズ？」

チャールズはうっすらと笑みを浮かべた。「わたしは探偵じゃない」

サー・チャールズのことはどうしてもわからない、とトニは思った。身だしなみがいい整った顔立ちをした金髪の男性。いつも猫みたいに自己満足している。好きなときにアガサの人生にやって来ては去っていく。チャールズとアガサはかつて男女関係があった、とビルから聞いていたが、その気配を感じとったことはなかった。

その晩、ビルはなかなか寝付けなかった。また本署に電話すると、月曜までにミルセスターに戻ってくるように命じられた。ミセス・レーズンは元夫にストーカー行為をしていない、とビルが言っていたのはどういう事情なのか、ウィルクスはさかんに知りたがった。アガサが二カ所の戦場跡を訪れたのは競争心が強く、軍隊の知識を仕入れて元夫を感心させたかったからにすぎず、ジェームズ・レイシーが同時期にそこにいたのはまったくの偶然からだ、とビルは説明した。今になって、ビルはアガサに不誠実だったと感じていた。

こっちに残りたかったが、ボースにビルの助けは不要だときっぱりと拒絶されてしまった。ヒューズ警察を出るとき、パトリックが受付の巡査部長と熱心に話し込んでいるのを見かけた。声をかけようかと考えたが、ここはパトリックに任せた方がよさそうだと思い直した。

朝、全員が食堂で顔を合わせた。トニはイエローページをコピーして、アガサに帽子を売った可能性のある店すべてに印をつけていた。

食堂のドアが開き、聞き慣れた声が言った。

「ブラックコーヒーを注いでちょうだい。もうへとへとよ」

誰あろう、アガサ・レーズンがテーブルに歩いてきたので、全員が安堵と驚きをこめて見つめた。

「帽子はどこなんですか？」ロイはたずね、アガサのクマのような目にじろっとにらみつけられ、困ったように笑った。「証拠として押収されたわ」アガサは言った。「コーヒーをお願い。煙草を持っていればよかった。禁煙なんて、過保護な国よね」

「で、何があったんですか?」トニはたずねた。「弁護士が出してくれたんですか?」

「いいえ、あの馬鹿げた帽子のおかげなの。ハイ・ストリートの〈デリアズ・モード〉で買ったのよ。ウィンザー城をフランス大統領が訪問したときにカミラ夫人がかぶっていたのとそっくりな帽子だって、店員が言ったから」

「車にはねられた動物みたいだった」ロイが毒舌を吐いた。

「お店だとよく見えたのよ」アガサは言い返した。「そのあとパブに戻ってトニといっしょに行く時間はあったけど、一人で少し考えごとをしたかったの。ダウンボーイズまでタクシーで行って散歩していたら、ジェームズにばったり会った。いっしょに歩いて話をしたわ。それから付き添い人が彼を捜しにやって来て、二人は教会に向かった。わたしはベンチに腰をおろした。もう少し一人でいたかったから。

村人たちが何人も通り過ぎていった。何人かは立ち止まって、帽子をじろじろ見てからたずねた。『教会に行かないのかね?』って。警察は殺人事件のあと、村じゅうの家を一軒一軒訪ねて回った。それでわたしの言ったとおりの時間にわたしがそこにいたことがわかったし、タクシーの運転手がダウンボーイズまで乗せたって証言した。もちろん、そのことがわかるまでにすごく時間がかかった。というわけで、警察はしぶしぶ第一容疑者を釈放したのよ」

警官が現れて言った。「供述書を確認するために、全員が警察に来てください。まずあなたです、ミセス・レーズン」

「わたしの弁護士は到着したの？」

「ええ、あなたを待ってますよ」

聴取、また聴取で一日はだらだらと過ぎていった。とうとう、全員が帰ってかまわない、ということになった。「帰る前にジェームズとちょっと話ができたらいいんだけど」アガサはつぶやいた。

「忘れるんだ」チャールズが言った。「自分の容疑が晴れただけでもありがたく思わないと」

アガサとトニは部屋に行って荷造りした。

「こんなふうに終わるのは気に入らないわ」アガサは言った。「フェリシティを殺したがる人間って、いったい誰なのかしら？」

「それは警察に任せるしかありませんよ」

電話が鳴った。アガサは受話器をとった。涙交じりの声が言った。

「オリヴィア・ブロス＝ティルキントンです」

「ええと、このたびは心からお悔やみ申し上げます。でも――」アガサは弁解しようとした。

「教会で言ったことはお詫びします」オリヴィアは言った。「あなたに、娘を殺した犯人をつかまえてほしいの。あなたの名声を知ったので」

「ヒューズ警察のような情報も人手も、わたしにはありませんよ」アガサは釘を刺した。

「だけど、警察が見つけられなかった犯人をこれまでにも見つけだしているんでしょ。お願い、ミセス・レーズン、こちらに来て、うちに泊まってください」

「ミスター・レイシーはそちらにいるんですか？」

「明日には帰るようです。こういう状況では、信じられないぐらい思いやりがない行動だと思いますけど」

アガサは心を決めた。「明日の朝、うかがいます」

彼女は受話器を置き、トニの方を向いた。その目はぎらついていた。

「オリヴィア・ブロス＝ティルキントンだった。娘を殺した犯人を見つけるために雇われたわ」

「あたしも残りましょうか？」

「いいえ、チャールズが残ってくれるはずよ。これまでにも手伝ってくれたから。彼に電話してみるわ」だが、彼は部屋におらず、フロントに電話をするとすでに出発したと伝えられた。

「あたしが残ります」トニは言った。「ともかく、しばらくは。助手が必要ですよ。ちょっと行って、戻るまでハリーに事務所のことを頼んできます。あなたもパトリックをつかまえて仕事を任せてきた方がいいですよ」

翌日、アガサとトニがダウンボーイズに車を走らせていると、天候が崩れ、灰色の空からしとしとと雨が降ってきた。

「向こうに泊まるのはあまり気が進まないんですけど」トニが言いだした。

「わたしもちょうどそのことを考えていたの。パブに泊まって、毎日こっちに来るって提案したらどうかしら。フェリシティについて、もっと知らなくちゃならない。ジェームズにはあきれたわね。彼がまだいるといいけど。彼ならフェリシティに敵がいたかどうか、知っているんじゃないかしら」

ブロス＝ティルキントン家の大きな電動式ゲートは閉ざされていた。アガサは外にメディアが集まっているのを見て、ため息をついた。

「急いでバックして」トニに命じた。

二人がまた村を出ると、アガサはオリヴィア・ブロス＝ティルキントンに電話して、裏側から敷地に入れる道があるかどうかたずねた。それから電話をトニの方に向け、彼女は指示を走り書きした。

別の方向から村に向かうと、小さな門番小屋があり、ゲートのわきで男が待っていた。彼は二人の車を確認してから、ゲートを開けた。

「妙ね、本当に妙だわ」アガサは屋敷の裏側に通じる狭いでこぼこ道を走りながら言った。「どうしてこれほどセキュリティを強化しているの？」

「まったくです」トニも同意した。「殺人事件の前から、何かを恐れていたのかもしれませんね」

3

到着すると、ジョージ・ブロス＝ティルキントンが二人を待っていた。彼はがっちりした体形で、ふさふさした灰色の髪に日に焼けた顔をしていた。いかにもけんかっ早そうだった。

「あんたたちに用はない！」彼は怒鳴った。

「だけど、奥さまが——」アガサは言いかけた。

「女房がどう言おうと関係ない。出ていけ！」

オリヴィアが現れた。「わたしがミセス・レーズンを招いたのよ。言ったでしょ。彼女は優秀な探偵だっていう評判だし、わたしたちの娘を殺した犯人を知りたいの」

「警察が——」

「地元のぼんくらに任せておけないわ。それに、シルヴァンも賛成してくれたし」

「なんだって？」

「ぼくの噂話かな？」シルヴァンがゆっくりと玄関ホールに入ってきた。アガサの鼓動が少しだけ速くなった。それから、パリに電話したときの屈辱が甦った。

「アガサに仕事を依頼するように、ぼくがオリヴィアに勧めたんだ」彼は言った。

「なぜだ？」

「なぜだって？」シルヴァンはからかうような口調になった。「きみは殺人者の正体を知りたくないようだな」

「じゃ、好きなようにすればいい」ジョージは言い捨てると、足音も荒く歩み去った。

「本当にごめんなさい」オリヴィアは言った。「気の毒にジョージは怒りで悲しみをまぎらわせようとしているのよ」オリヴィアの目は泣いていたせいで腫れていた。

「まず、部屋にご案内するわ。あなた一人だと思っていたんですけど、ミセス・レーズン」

「アガサと呼んでください。こちらはもう一人の探偵で、トニ・ギルモア、わたしの助手をしてくれる予定です。ただし、このまま二人とも、ヒューズに泊まっている方がいいかと思います。そうすれば客観的に事件を眺められますから」

「けっこうよ。ではラウンジに行き、相談しましょう」

トニはオリヴィアの言うラウンジを見回した。たしかに個人宅の客間というよりも、ホテルのラウンジのようだった。磨かれたテーブルと絨毯布を張り木工部分を金色に塗った椅子が、何カ所かに配置されている。暖炉で火は燃えておらず、代わりに火格子がオレンジ色のしわくちゃの紙で飾られている。ガラスの両開きドアのそばのテーブルには、シルクの花を活けた大きな花瓶。金文字で「シンシア」と刻まれたヨットの舵輪(だりん)が暖炉の上にぶらさげられている。片隅には革張りのバーカウンターがあり、その奥にはパック旅行で持ち帰ってきたようなさまざまなボトルが並んでいて、棚はピンクの棒状蛍光灯で照らされていた。

シルヴァン、アガサ、トニ、そしてオリヴィアはテーブルのひとつを囲んですわった。トニはノートを取り出した。

「暖炉の上にどうして舵輪があるんですか?」トニがたずねた。

「主人の初めての船だったの。シンシアは最初の奥さんよ」

「彼女はどうなったんですか?」

「癌で亡くなったわ」

アガサは痛いほどシルヴァンの存在を意識していた。記憶のとおり、わずかに白いものが交じった豊かな金髪も、重たげなまぶたも、ほっそりした体形も、何もかもが魅力的だった。

「では、お嬢さんのことですが」とアガサは切りだした。「彼女の敵について思いつきますか？」

「みんなに愛されていたわ」

「結婚したことはありますか？」

「いいえ」

「でも、とてもきれいでしたよね」トニが言った。「きっとたくさんの結婚の申し込みがあったでしょうね」

「もちろん」

「では、ふられた男で、お嬢さんを殺したがるような男はいましたか？」アガサがたずねた。

「逆だよ」シルヴァンが口を出した。フランス訛りは軽やかで、小馬鹿にしているかのように響いた。

「どういう意味ですか？」トニがたずねた。

「彼女の方がふられていたんだ」

「正確に言うと、どういうことなんです？」アガサは追及した。

「二度婚約して、二度とも男から婚約を破棄されたってことだ」

「シルヴァン」オリヴィアが泣きだした。「夫の友人じゃなかったら、帰って、と言うところだわ」

「あなたはジェームズ・レイシーとはどうやって知り合ったんですか？」アガサはシルヴァンに質問した。

「あるビヤホールでうっかり彼にビールをかけてしまったんだ。謝って、そのまま話しこんだ。名刺を渡し、またパリに来ることがあったら連絡してくれ、夕食をごちそうする、と言った。しばらくしてジェームズは連絡してきた。ちょうど友人のパーティーに行く予定があったので、いっしょに行こうと誘った。そのパーティーで、ジェームズはフェリシティと出会ったんだ」

オリヴィアは涙をふいた。「一目惚れだったのよ」

「ブロス＝ティルキントン夫妻とはどうやって知り合ったんですか？」トニが質問した。

「カンヌで休暇を過ごしていて夫妻と知り合った――そう十年前かな、それからずっと友人同士だ」

「ミスター・ブロス＝ティルキントンのお仕事は何ですか？」トニがたずねた。

「ジョージは引退しているの」オリヴィアは言った。「以前は不動産の仕事をしていたわ。おもに外国で」

「スペインで？」とアガサ。

「そうね、スペインやその他の国で」

「スペインではたくさんの人が家を失って怒ってますよ。自分の部屋が入っている建物が農業用地に建てられていたんです。生涯かけて貯めたお金を投資したあとで、地元の役所がやって来て建物を壊して更地にしてしまった。多くの人がだまされたと訴えています。不動産会社が『弁護士のことは心配いらない。こちらで手配しますよ』と言ったので、手遅れになるまで大金を失う危険について気づかなかったんです」

「ジョージが家を売っていたときには、そういうことは一切なかったわ」オリヴィアは怒ったように否定した。「殺されたのは、わたしの大切な娘だってことを忘れないでいただきたいものね」

「もしかしたらお嬢さんを殺すことで、ご一家に復讐しようとした人物がいたのかもしれないと思ったんです」アガサはなだめた。

「馬鹿馬鹿しい！」

「わかりました。シルヴァン、フェリシティのこれまでの婚約は男性の方から破棄されたというのは本当なんですね？」

「そのはずだ」

「二人の名前と住所を教えていただけます？」アガサはオリヴィアにたずねた。

「調べてくるわ」オリヴィアは足早に部屋を出ていった。そのときドアベルが鳴り、声が聞こえた。「お邪魔して申し訳ありませんが、ミセス・ブロス＝ティルキントン、鑑識チームがもう一度お嬢さんの部屋を見たがっているものですから。それから今日、ご都合がよろしければ、あなたとご主人にもう少し質問したいんです。ああ、行かないでください、ミスター・デュボア。あなたにもです」

オリヴィアとシルヴァンが部屋を出ていくと、アガサはトニにささやいた。

「外に行きましょう。犬舎の男が何か知っているか調べてみたいの」

二人はガラスドアから外に出ていった。雨は止んでいたが、芝生に足がずぶずぶめりこんだ。

「犬をちゃんと閉じこめているといいけど」アガサは不安そうだった。

「ええ、フェンスの向こう側を歩きまわっているのが見えますよ」犬舎に近づくと、トニは言った。

「あっちに小さな小屋がある」アガサは言った。

二人が小屋に近づいていくと、小柄ながっちりした男が現れ、二人をにらみつけた。

平らなツイードの帽子をかぶり、スポーツジャケットにコーデュロイのズボンをはき、くたびれた黒革のブーツをはいていた。ごつごつした顔は、まるで頭のてっぺんに重しをのせてつぶしたみたいだった。

「何の用だ？」彼は怒鳴った。

アガサは彼に近づいていった。「ひとことだけ」アガサは言った。「ミセス・ブロス＝ティルキントンから、お嬢さんの殺人事件について調査するように依頼されたの。この家で長く働いているの？」

「五年だ」

「名前を教えていただけない？」

「ジェリー・カートン」

「わたしはアガサ・レーズンで、こちらは助手のトニ・ギルモアよ。フェリシティが殺された理由について、何か思い当たる節はない？」

「わからん」

「どうしてこんなにセキュリティが厳重なの？　だって最新式の防犯装置に電動式ゲート、ジャーマンシェパードまでそろえているでしょ？」

ジェリーはアガサの足下にぺっと唾を吐いた。「邪悪な世の中だからさ、あんた」

「でも、そこまでするほど邪悪じゃない」トニが口をはさんだ。「ねえ、誰か特定の人に気をつけるように言われているの?」

「おまえの質問なんて、クソ――」

「まあ、まあ」アガサがカースリー婦人会で身につけた作法でたしなめた。「レディの前よ」

「ほう、どこにいるんだ?」

「もう行きましょう」トニが言った。「このまぬけは何も知りませんよ」

「あなた、前科があるの?」アガサは質問した。

彼は威嚇するようにアガサの方に一歩近づいた。「出ていけ。さもないと犬をけしかけるぞ」

「行きましょう」トニがあせってアガサの袖をひっぱった。

アガサはしぶしぶ屋敷の方に戻りはじめた。携帯電話を取り出し、パトリックに電話した。

「まだ走っているところだ」パトリックは言った。「何があったんだ?」

「別に。ただ、警察のコネを使って、犬舎の男に前科があるか調べてほしいの。ジェリー・カートンよ」

「やってみる。ビルが高速道路でおれの前を走っている。ミルセスターまで後をついていって、ファイルを調べてもらえるか頼んでみるよ」

アガサはお礼を言って電話を切った。

彼女とトニは客間に戻っていった。トニは部屋を見回してため息をついた。

「あたしが想像していた中流階級は、こんなんじゃなかった」

「どの階級だって同じよ。ありとあらゆる連中がいるから、中にはぞっとする人間だっているわ」

「学校でベッチェマンを読みましたか?」

アガサは自分の通った暴力的な総合制中学校のことを考えた。いじめっ子に抵抗し、教室の喧噪の中で教師の言っていることを聞きとろうとすることで、一日が過ぎていったものだ。

「わたしに教養を授けようとしないでね。以前、ジェームズからさんざんそういう目に遭わされた」ジェームズ。ふいに思った。今、どこにいるのかしら?

「詩人のジョン・ベッチェマンです。『少尉の恋歌』という詩を読んだのを思い出して。ベッチェマンはジョーン・ハンター・ダンという少女に恋をした。彼女は最近九十二歳で亡くなったんです」

「それが何か関係があるの？」アガサは不機嫌にたずねた。

「ええ、あたしの家がどんなふうだったか知ってますよね。中流階級っていうと、その詩に描かれた家庭を思い描いたものです。安心できる堅実な家庭、お金もあり、愛情深い両親は、娘をクラブに踊りに連れていってくれるきちんとした青年を歓迎する。だけど、うちは全然そんなふうじゃなかった」

「客観的に言うとね」とアガサは言った。「わたしたちが調査をするような困りごとを抱えた人々は、たいていまともじゃないのよ」そして、ジェームズの友人の何人かを思い浮かべて身震いした。早めに引退してコッツウォルズに引っ越したのは、典型的な安心という夢を求めていたから。それは確かだった。

「善人もいるわよ。ミセス・ブロクスビーがいい例よ。そういう人もいるってこと」

シルヴァンが部屋に入ってきた。「何もかも退屈きわまりないな」彼は言った。「質問、質問、また質問。きみたちはもっと質問されるだろうよ」

アガサは腕時計をちらっと見た。「よかったらランチでもいかが？」

「それはいいね。かわいらしい助手さんもいっしょかな？」

アガサにじろっとにらまれたので、トニはあわてて言った。「実をいうと、できたらあたしは町に戻って、そっちで少し聞き込みをしたいんですけど」

「パブまでは歩いていけるよ」シルヴァンが言った。「これまでにも食事をしたことがある。食べ物はかなりうまいよ」


ダウンボーイズの中心にあるパブは、〈キング・チャールズ〉という名前だった。古い建物の外で、下手なチャールズ二世の絵が強まってきた風にあおられている。チューダー様式の建物で壁は白く黒い梁が走り、歳月で正面部分がたわんでいた。

「あっちに無料のテーブルがあるよ」シルヴァンはアガサをそちらに案内した。

「ここで飲み物の注文をとるの、それともバーに行ってとってこなくちゃならないの？」

「まず飲み物をとってくると、ウェイトレスが注文をとりに来るよ」

「わたしが行ってくるわ」アガサは言った。「おごるわ。何を飲む？」

「ラガーを半パイント」

バーカウンターは村人たちでふさがっていた。一人の男がバースツールの上で振り向き、彼女を見つけた。彼が仲間に何やらささやくと、全員が振り向いた。

「もう充分に見たかしら」とアガサは言った。「少し空けてちょうだい。注文をしたいから」

男たちはスツールをずらし、彼女のためにスペースを空けた。ふいに全員が黙りこんだ。バーテンダーはせかせかした小男で、ブレザーと白いシャツにアスコットタイを巻き、グレーのフランネルのズボンをはいていた。日焼けクリームを塗り、歯も人工的に白くしているようだ。アガサは推測した――あとで正しかったとわかるのだが――この男はショービジネスを引退して、パブを開いたのだろう。

彼女は自分にはジントニックを、シルヴァンのために半パイントのラガーを注文し、酒を持ってテーブルに戻っていった。

バーでは、またにぎやかな会話が始まった。

「乾杯」シルヴァンが言った。

「フランス語は話さないんですか？」アガサはたずねた。彼のことを夢想するときは、いつもフランス語でささやいてくれていたのだ。

「フランス人と話すときはね――そうじゃないときは、わざわざ話さないよ」彼はメニューを彼女に渡した。「ローストビーフとヨークシャープディングがとてもおいしいよ」

アガサはウエストのことを考えたが、とてもおなかがすいていたので、にっこりして、それにすると言った。

シルヴァンは片手を上げた。ウェイトレスがたちまち現れた。

「何がお望みですか?」

「きみだよ、美しい女性だ」

やせてニキビだらけのウェイトレスは、うれしそうにくすくす笑った。アガサ・レーズンに食い入るように見つめられているのに気づいたのか、シルヴァンはようやく注文をした。アガサは自分といっしょにいるときにウェイトレスだろうが誰だろうが、女といちゃつく男は大嫌いだった。

「あなたと話せる機会が持ててよかったわ」アガサは言った。

彼は微笑んだ。「ぼくもうれしいよ」

「まず、あなたはジョージ・ブロス＝ティルキントンと親しいんでしょ。どうしてあんなにセキュリティを強化しているのかしら?」

「世の中は危険なことだらけだからな。彼は金持ちだ。数年前に村で何軒かが押し込み強盗に遭った。それで用心するようになったんだ」

「それで、フェリシティはどうなの? 彼女の元婚約者に話を聞かなくちゃならないんです。本当に男性側から婚約破棄したのであって、彼女からじゃないのね?」

「そう聞いてる。ワインを飲む?」

ちょっと前までなら、アガサはロマンチックなランチを期待して、イエスと答えただろう。しかし今は完全に探偵モードになっていた。「いえ、けっこうよ。頭をはっきりさせておきたいから。で、フェリシティは本当はどんな女性だったの？」

「とても美しい」

「中身について知りたいんです」

「中身なんて、さほどなかったんじゃないかな。彼女は外見を磨くことにとても熱心だった――美容師、エステティシャン、パーソナルトレーナーなんかのところに頻繁に通っていたよ」

「だけど、ジェームズは知的な男性よ。美しさだけでは物足りないでしょう」

「フェリシティには特別な才能があったんだ。あ、食事が来た。おなかがぺこぺこなんだ。質問はしばらくお休みにしよう」

ローストビーフはおいしかった。アガサは少し食べたが、フェリシティの特別な才能が何だったのか知りたくて待ちきれなくなった。

「特別な才能って、どういうものだったの？」彼女は追及した。

「ベッドでとてもすばらしかったんだ」

アガサはゆっくりとナイフとフォークを置いた。「どうして知っているの？」

彼はいかにもフランス人らしく肩をすくめると、おもしろそうに目をきらめかせた。

「つまり、彼女とベッドをともにしたってこと？」

またもや肩をすくめる。ああ、ジェームズ、とアガサはみじめな気持ちで思った。わたしはベッドの中でよくなかったの？

「だけど、まちがいなく、それだけでは充分じゃなかったのよ」彼女は反論した。「ジェームズは結婚をとりやめたいって言ってたわ」

「ああ、だけど、彼は高潔な男性だからね。日取りが決まっていて、指輪も贈った。フェリシティよりもずっと年上だし、別の倫理観で生きているんだ。ただし、もしフェリシティの方が心変わりしたんだったら、直前でも結婚式をキャンセルしただろうね」

「彼女はジェームズを愛していたの？」

「フェリシティは自己愛がものすごく強いから、他人が入り込む隙間なんてなかったよ」

「ひどい女！」アガサは言った。彼女の目に涙があふれた。

シルヴァンはテーブル越しに身をのりだし、温かい手で彼女の手を包みこんだ。

「元ご主人を心の底から大切に思っているんだね」

「そんなんじゃない」アガサは憤慨して言った。「ジェームズに抱いていた気持ちはとうに消えたわ」

今回の一件で、自分が中年のダサい女だと感じさせられたせいで涙が出たとは口にできなかった。それに、自分の場合はジェームズの方から離婚を提案されたのだ、と思い返した。あのとき、ジェームズは高潔さなどかけらもなかった。結婚の誓いを守ろうとする姿勢も。

「ランチを食べたまえ」彼はやさしくうながした。

「もうおなかがいっぱいだわ」アガサは皿を押しやった。「そろそろ屋敷に戻らないと」

「コーヒーとブランデーを飲むといい。きみにはそれが必要だよ。さあ」

アガサは気をひきしめた。優秀な探偵は絶対に感情をあらわにしたりしないものだ。たとえばパトリックもフィルも地に足をつけて仕事をしている。ビル・ウォンは次々に失恋していても、私情のせいで判断を鈍らせたことはなかった。すべて加齢のせいだわ、とアガサは落ち込んだ。魅力が失われつつある、皺が増えている、と感じさせられること。顔にいやらしい毛が生えてきたり、おなかの肉がどうしても下へ下へと垂れ下がろうとしたりすること。何もかもうんざりだ。シルヴァンを魅力的なフランス人だとのぼせあがって熱い視線を送るのは止め、あくまで仕事に徹するべきだった。

一方、トニはフェリシティの元婚約者たちの名前と住所を入手していた。最初の男はバートラム・パウウェルで、ヒューズの弁護士だった。

染めた髪にパワースーツを着た若いぽっちゃりした秘書に約束があるかと訊かれ、ないと答えると、秘書はそっけない笑みを浮かべて、ミスター・パウウェルは一日じゅう忙しいと応じた。

トニは腕時計を見た。ランチタイムだ。奥のオフィスからは物音がしない。彼女は秘書に礼を言うと、外に出ていった。

弁護士事務所に近いレストランを順番にのぞいては、ミスター・パウウェルはいるかとたずねた。幸運にも、フリム川に通じる石畳の小道にあるステーキハウスで彼を発見した。トニがバートラム・パウウェルとランチの約束をしていると思いこんだ給仕長は、彼のテーブルまで案内してくれた。

「こんにちは」トニは片手を差しのべた。

とまどいながらパウウェルは椅子から立ち上がって、握手した。給仕長はトニのために椅子を引き、彼女はそこにすわった。

「いったいきみは何者なんだ？」パウウェルはたずねた。彼はトニが予想していたよりもずっと年上だった。五十近いようだ。顔は肉付きがよく好戦的で、鼻は以前折れたことがあるように見えた。つやつやした髪は黒く、小さな目も黒かった。

「フェリシティ・ブロス＝ティルキントンの殺人事件を調べている私立探偵です」

パウウェルはふいにおもしろそうな表情になった。

「話を続けたまえ。まだ子どもじゃないか」

トニは名刺を渡した。

「外見で判断しないでください。仕事では優秀です」

ウェイターがメニューを持ってやって来た。

「ステーキと、フライドポテトみたいな簡単なものはあるかしら？」トニはたずねた。

「もちろんです」

トニはステーキをウェルダンで頼み、フライドポテトとミネラルウォーターをつけた。「あなたにランチ代を払っていただこうとは思っていませんから、ミスター・パウウェル」

「こちらもそう願いたいね。フェリシティについては何も話せることはないよ。かなり前に婚約していたんだ」

「どうして婚約破棄したんですか？　あなたの方から断ったんですよね？」

「そうだ」

「なぜ？」

「言いたくない」

ウェイターがトニのステーキを運んできた。その早さは悪い兆候だ、と彼女は思った。おそらく調理場のホットプレートにずっと置かれていたのだろう。ウェイターは細い腰をした、とびぬけてハンサムな男だった。パウウェルは歩み去る彼の姿をうっとりと見つめている。

トニの目が鋭くなり、彼女はじっくりとパウウェルの服装を観察した。ダークスーツにストライプのシャツ、シルクのネクタイで、職業にふさわしい格好だ。スーツは上等な仕立てだった。

「どうしてそんなふうにじろじろ見ているんだ？」パウウェルがたずねた。

「あなたはゲイかもしれないと考えていたんです」

「この小生意気な……ああ、まいったね、そのとおりだよ。それがきみの役に立つなら」

「では、それが理由で婚約を破棄したんですね？」

「ああ、父親にばれたんだ。私立探偵に探らせるとは思っていなかった」

「だとしたら、どうしてあなたの方から破棄したんですか、彼女じゃなくて？」

「彼女はあくまで結婚したがっていたし、父親にもそう伝えていた。わたしの方も自分がゲイであることを自覚したばかりだった」

「だけど、セックスは？」

「フェリシティが考えるのは、ほぼそのことだけだったよ。彼女はそっちの面では心配はいらない、招待状もすでに発送済みだと言った。だが、わたしはすべてをとりやめにしたいと言い張った。ジョージ・ブロス＝ティルキントンは激怒した。ブロス＝ティルキントン夫妻は、知り合ってみると実に下世話な人間だったんだ。ジョージの父親はハリー・ブロスといい、ロンドンのイーストエンドで鉄くず商をしていた。ティルキントンは女房の旧姓だ。ジョージは娘を弁護士と結婚させて、ダウンボーイズの名士みたいになりたかったんだよ。腕のいい精神科医なら性癖を治せると言ってきた。わたしは拒絶した。

すると、町じゅうにわたしがホモセクシュアルだと触れ回った。これで人生はおしまいだと思ったが、逆に町じゅうのゲイの案件を請け負うようになったので、やつの目論見は期待外れに終わった。それに、ここはブライトンに近かったしね、イギリスのサンフランシスコに。ブロス＝ティルキントン家とは関わらない方がいいぞ、お嬢さん。おぞましい連中だ」

「犯罪歴は？」

「わたしの知る限りではない。ジョージはスペインの不動産業で合法的に莫大な金を稼いだようだ」

「屋敷にあれほどセキュリティを強化していることで、何か噂を聞いてますか？」

「いいや。珍しいことじゃないよ。この近辺でも犯罪が多発しているし、金のある人間は押し込み強盗を恐れているからな」

「いつフェリシティと婚約していたんですか？」

「八年前だ」

「では、あなたが破棄したあとで、別の人が登場したんです。アーネスト・ウィートシーフ。どこで彼を見つけられるかわかりますか？」

「ハイ・ストリートのサザン銀行だ。支店長なんだ」パウウェルは勘定書きを頼んだ。別々に計算してくれと言い、自分の分の支払いをすると急いで帰っていった。トニは食べられるだけステーキを食べてから、テーブルの下に置いた開いたバッグの中に仕込んだ高性能テープレコーダーのスイッチを切ることを思い出した。それから勘定を払い、サザン銀行を探しに出かけた。

シルヴァンは重たげなまぶたの陰から、アガサが立ち上がってトイレに化粧直しに行くのを観察していた。お尻の形がいいし、とても長い脚をしている、とシルヴァンは値踏みした。それに本人はまったく気づいていないようだが、強烈な色気を発散させていた。ちょっと彼女と遊んでみたら、今回の訪問が華やぐかもしれない。ジョージから、しばらく滞在していってくれ、と頼まれていた。

銀行でトニが支店長に会いたいと告げると、忙しいので別の者が対応します、と言われた。

「それは残念だわ」トニは言った。「宝くじに当たったから――」

「では、こちらでお待ちを」ドアのそばの受付の女が言った。「支店長はぜひお目にかかりたい、と言うと思います」

三分後には、トニはアーネスト・ウィートシーフの重厚なオフィスに案内されていた。彼は灰色の髪をした長身でやせた男性だった。パウウェルと同じく、五十近いとトニは見積もった。フェリシティはどうして同世代の男性に興味を持たなかったのだろう？

ウィートシーフはトニと温かい握手をした。

「ご用件を扱わせていただき光栄です。ミス……？」

「ギルモアです」トニは名刺を渡した。彼はそれを見て、生え際の方まで眉が跳ね上がった。「実はミセス・ブロス＝ティルキントンに雇われた私立探偵なんです。お嬢さんを殺した犯人を捜しています」

「じゃあ、すぐにここを出ていってくれ！　でたらめを言って、ここに入ってきたんだから」

「ねえ、ミスター・ウィートシーフ。あたしで予行練習しておいた方がいいですよ。というのも、まもなく警察が聴取に来るはずですから」

立ち上がりかけていたアーネスト・ウィートシーフはまた椅子に腰を下ろした。

「なぜ？」

「あなたはフェリシティと婚約していましたね。結婚をキャンセルしたのはあなたの方からだと、警察は確認したがっているんです」

「だが、それが殺人とどういう関係があるんだ？」

「フェリシティに対して恨みがありそうな人を片っ端から調べているんですよ」

「あんたは探偵にしちゃ、ずいぶん若いが」トニはブリーフケースを開け、新聞の切り抜きのファイルを取り出した。「これを見てください」彼女は言った。

彼はトニの手柄を報道する新聞の切り抜きに目を通した。おもにアガサ・レーズンの調査のおかげだったが、とびきりフォトジェニックだったのでトニが目立つように報道されていた。

「仕事はできるようだね」ウィートシーフは認めた。「だが、今回の殺人事件がわたしとどんな関係があるのかは、さっぱりわからない」

「あなたは知的な人間で、この町で重要な地位についているように見えます」トニはそう言って、魅力的な微笑を向けた。「この殺人があなたと関係があるというわけではありません――もちろんちがいます――でも、あなたはフェリシティを知っていた。そして、殺された人間の性格は、殺人の理由の手がかりになることがよくあるんです」

外は晴れてきた。日の光がオフィスの窓から射しこみ、トニのまばゆい金髪を輝かせている。

ウィートシーフはいきなり微笑んだ。

か？」

「十分だけあげよう。ただし、最善を尽くすよ。きみはフェリシティを知っていたのか？」

「いいえ、でも、彼女の婚約者に結婚式に呼ばれました。とても美しい女性でしたね」

「わたしが婚約したときはかなりぽっちゃりしていて、茶色の髪だったんだ」

「それはいつですか？」

「ええと、五年ぐらい前かな。初々しくて無邪気で、相手を喜ばせようとする女性だった。とてもいい妻になりそうに見えたんだ」

「恋をしたわけではなかった？」

「ふさわしい相手だと思っただけだ」相手の言葉を抑えこむように言った。「わたしのような地位にある人間は、誰と結婚するか慎重にならざるをえない」

「それで何があったんですか？」

「彼女は少し……つまり……欲求が激しすぎるとわかったんだ」

「セックスの面で、ということですか？」

彼は顔を赤らめた。

「うん、そうだ。あまりレディらしくないように感じられた。婚約を破棄すると、彼女は怒り狂った。実際、両親は訴訟を起こすと脅した。彼女はそのあと両親といっしょにコネティカットのどこかに行ってしまった。どのぐらいあとかは忘れたが、ずいぶんたってから戻ってきたときには美人に変身していたよ」

ウィートシーフはパウウェルと同じようにゲイなのだろうか、と考えて、トニは質問した。「今、結婚されているんですか？」

「ああ、もちろん、しかもとても幸せだ」

「誰かがフェリシティを殺したがる動機を何か思いつきませんか？」

彼は冷淡に言った。「現在の婚約者が結婚から逃れるには殺人しかない、と考えたのかもしれないな」

「ブロス＝ティルキントン夫妻についてはどうですか？　何かありませんか？」

ウィートシーフの秘書がドアからのぞいた。「ミスター・バーンステープルがずいぶん待たされている、と苦情をおっしゃっています」

「彼を通してくれ。では失礼、ミス・ギルモア。もう仕事に戻らなくてはならないのでね」

一時間後、トニとアガサはパブの部屋で落ち合った。トニはアガサに電話して、宿に戻って録音した二人のインタビューを聴いてほしい、と頼んだのだ。

「何もかも、とても奇妙ね」テープを聴いたあとでアガサは言った。「ジェームズとぜひとも話さなくちゃ」

「今、彼に電話しますか？」

「いいえ。今日の午後、ミセス・ブロクスビーと話したら、彼はカースリーに戻っているそうなの。面と向かって話をしたいわ。これから出発して、明日戻ってくる。シルヴァン・デュボアについてできるだけ探りだしておいて。奇妙な友情に思えるの。オリヴィアとは二人だけで話をしてね。メディアにはそれほど悩まされないはずよ。ブライトンで二重殺人があって、記者の大半はそっちに駆けつけてしまったみたいだから」

アガサは電車でミルセスターに着くと、車を回収してからコッツウォルズに向かい、カースリーに続く緑の多い道を戻っていった。ふいに、何もかも忘れてしまいたい、という衝動がつきあげてきた。留守中は完璧な掃除婦のドリス・シンプソンが、愛する猫たちの面倒を見てくれていた。ベッドにもぐりこみ、ゆっくり朝寝坊をして、本を読んだり猫と遊んだりして、だらだらと一日過ごせたらどんなにいいだろう。

カースリー村では、蜂蜜色の古い石造りの家々が午後遅い日差しに輝いていた。この時期にしては暖かく、どの家の小さな庭でも花が咲き乱れている。

コテージの正面に車を停め、家に入っていくと猫たちに不機嫌に出迎えられた。なでてやったが二匹とも身を翻し、庭へのドアの前で期待をこめてアガサを見ている。外に出してやってから二階に行き、メイクを直すと、隣に歩いていってベルを鳴らした。

ジェームズが出てきた。しばし見つめあったあとで、ジェームズが静かに言った。

「入って、アガサ」

アガサは懐かしい部屋に入っていきソファにすわったとたん、股関節がズキンと痛み、悲鳴を押し殺した。

ジェームズは暖炉のそばのお気に入りの肘掛け椅子にすわった。

「まったくひどい騒動だ」彼は言った。

「どうしてあそこに残っていなかったの？」

「ジョージとオリヴィアから逃げだすしかなかった。最初はわたしを殺人犯だと責め、警察で容疑が晴れたあとも雰囲気はとげとげしかったんだ」

「〈ジョリー・ファーマー〉でわたしたちといっしょに滞在していればよかったのに」

ジェームズは低い声で言った。「とにかく逃げたかったんだ。自分はなんて愚かだったのかという苦い思いは、きみにはわからないだろう」

「実は、娘を殺した犯人を見つけてほしいって、オリヴィアに雇われたの。引き受けたわ。だから、何者かが彼女を亡き者にしたがる手がかりが必要なの。彼女、どんな人だったの？」

「とても美しかった、知ってのとおり。彼女はわたしを崇拝しているようだった。わたしのひとこと、ひとことに熱心に聞き入っている様子に舞い上がってしまった。ウクライナへの旅でようやく気づいたんだ。わたしがしゃべっているとき、彼女は別のことを考えているらしいと」

「トニが彼女の元婚約者二人に話を聞いてきたの。最初の人は自分がゲイだとわかったので婚約を破棄した。二番目の男は、フェリシティがあまりにも性的欲求が強いので断ったそうよ」

「それは笑止千万だな。フェリシティは逆にかなり奥手だった」

「でも、ゲイの男も彼女は性欲が強すぎるって言ってたし、シルヴァン・デュボアも、ベッドの中では情熱的だったって話していたわよ」

長い沈黙が続き、ジェームズはじっとアガサを見つめた。「それは確かなのか？」とうとうジェームズはたずねた。

「三人ともきっぱりと断言したわ」

「なんてことだ！　わたしに対しては時代遅れの処女みたいにふるまっていたんだぞ。結婚するまで肉体的な関係は待った方がいいと言っていた」

「ジェームズ、いまどきそんなことを言う人がいる？　ちょっと奇妙だと思わなかったの？」

「外見に目がくらんでいたし、とてもやさしくて、うぶに見えたんだ。あのパーティーでフェリシティがきみに詰め寄ったときは、自分の目が信じられなかったよ。だけど、かなり頭が悪いことはすでに発見していた。ほとんど教育を受けてこなかったんじゃないかと思ったほどだ。ジョージには、自分はいい夫になれそうもないと伝えたんだが、婚約破棄したらありとあらゆる訴訟を起こすつもりだし、娘を悲しませたら殺すと脅された」

「頭を整理させて。婚約パーティーでシルヴァンがあなたの友人だとわかったけれど、彼はオリヴィアやジョージともとても親しいようね。彼はあなたとパリのビヤホールで知り合ったと言っていたけど？」

「そうだ。偶然、ビヤホールで会ったんだ。彼にビールをこぼされ、それをきっかけにしゃべってみると、とても愉快な人だとわかった。それで友人になった。次にパリに行ったときに、友人のアパルトマンでのパーティーに連れていってくれ、そこでフェリシティと出会ったんだ」

「はめられた可能性はない？」

「共謀したと推理してるのかい、アガサ？　わたしはその娘に礼儀正しく接して、そのまま帰ることだってできた。今回のことはすべてわたしの過ちだよ」

「いつプロポーズしたの？」

「初めて会った二日後だ。我ながら馬鹿な老いぼれだと思うが、とてもロマンチックに感じられたんだよ――パリで、とびきり美しい女性が自分の腕にすがっていることが。そんなふうににらまないでくれ、アガサ。きみだって過去に笑いものになったことがあるだろう。結局、殺人者だとわかった最近の男のことはどうなんだ？」

「チャールズがぺらぺらしゃべったのね」

「いや、ビル・ウォンだ。彼はきみのことを心配しているんだよ」

「ふられた恋人がいると思う？」

「わからない。過去の婚約のことすら知らなかった」

「わたしといっしょにヒューズに戻らない？」アガサは提案した。「以前みたいに、いっしょに探偵の仕事ができるわ」

「申し訳ない、アガサ。執筆のスケジュールがすごくきついし、すべてをただ忘れてしまいたいんだ」

アガサは立ち上がり、小さな目で彼をじっと見つめた。「そう、あなたは弱虫よ」彼女は叫ぶと足音も荒く部屋を出ていった。

自分のコテージに戻ったとき、怒りの涙が頬を濡らしていた。フェリシティがいかに美しかったか、パリがいかにロマンチックだったか、元夫から聞かされるのは屈辱だった。

そのとき部屋の臭いに気づいた。煙草の煙だ！　しかも戻ってきてから、彼女は一本も煙草に火をつけていなかった。

警察に電話するために携帯電話を取り出し、玄関の方にあとずさっていった。

「きみかい、アギー？」聞き慣れた声がキッチンから聞こえた。

チャールズ！

アガサは電話をしまい、ハンカチで目をふきながらキッチンに入っていった。

チャールズはキッチンのテーブルにつき、アガサがカウンターに置いていったベンソンのパックから一本とって吸っていた。彼はアガサのコテージの鍵を持っていて、好きなときにやって来る。以前、勝手に来るのをやめさせようとしたこともあったが、しばしば孤独を感じたので、チャールズがいた方が誰もいないよりもましだと思い直したのだった。

チャールズはアガサの赤い目に気づいた。

「ジェームズを訪ねてきたのかい？」

「そう。わたしの煙草でしょ、一本ちょうだい」

「で、フェリシティについてどう言っていた？」

「過去の婚約者二人とあのフランス人によると、淫乱だったみたいね。ただし驚き桃の木だけど、結婚するまでは待ってと言って、ジェームズとはセックスをしようとしなかったんですって」

「彼女は淫乱だったかもしれないが、ナルシストでもあったと思うよ。結婚式でスターになりたかったんだ。おそらく白いドレスとパールでバージンロードを歩いていくところを思い描いていたんだろう。ようするに、セックスを求めすぎて、過去に婚約を破棄されたってことかい？　信じられないな」

「あなたならそう考えそうね。最初の婚約者はゲイだったし、二番目はトニから聞いた情報だと、堅苦しい銀行の支店長で、そういう女性は妻としてあまりよろしくない、と考えたみたいよ」

チャールズは椅子にもたれ、梁のある天井に向かってゆっくりと煙の輪を吐いた。

「昔、ものすごくセクシーな女の子を知っていたんだ」チャールズは言った。「そこらじゅうに評判が広まっていた。彼女が恋人と別れて指輪をはめていなかったときに、あるパーティーで出会った。彼女はちょっと酔っていて、将来の夫の要望をかなえるために完全なバージンでいようとしている、と告白した。やがて、とうとう結婚したよ。男はきみが考えているよりも頭が固いし、昔ながらの考えがまだ幅をきかせているんだ。そもそも、一切の責任を負わずに、今も今後もすべてを手に入れられるなら、どうして結婚なんてする？」

「でも、ジェームズは頭のいい人よ！　後戻りできなくなるまで、どうして放置していたのかしら？　彼女がかなり頭が悪いことはわかった、と言っていたのに」

「頭が悪くても、すごい美人だったんだ、アギー。彼女は目もくらむほど美しいからね。ジェームズの年齢の男にとっては、すばらしい美女を連れ歩けるので鼻高々だったんだろう。たぶん子どもがほしかったんだよ。フェリシティなら充分に出産できる年齢だ。レイシーの名前を継ぐ息子か娘を持つという考えに、冷静な判断ができなくなったんだろう。きみは絶対に認めたくないだろうけれどね。ジェームズの年齢でまだ独身でいる男は、どこかふつうじゃないところがあるんだよ」

「わたしと結婚したわ」アガサは指摘した。

「きみはユニークだからね。彼はどうやってフェリシティと知り合ったんだい？」

アガサは知っていることを話した。

「罠にはめられた可能性があるな。シルヴァンには用心しろよ」

「なぜ？　彼が犯人だと思うの？」

「いや、だけど、軽薄な女たらしなのはまちがいない」

「自分がそうだから、そう思うんでしょ、チャールズ」アガサは鋭く突っ込んだ。

彼はにやっとした。「まさにそのとおりだ」

二人はしばらく黙りこんでいた。やがてアガサが口を開いた。

「明日、向こうに戻った方がよさそうね。でも朝出発する前に、ミセス・ブロクスビーを訪ねるわ」

「いっしょに行くよ」チャールズは言った。彼はのびをし、あくびをした。「もうベッドに入るよ。銃は発見されたのかい？」

「パトリックの話だと、銃弾は発見されたけど、銃は見つかってないみたい。スミス&ウェッソン686SSRから発射されたと推測されているみたいね。ステンレススチールのシリンダーで、二十五メートル先からでも命中させられるんですって。わたしも寝るわ。あなたったら、たしのコテージをしょっちゅうホテル代わりに利用するのね」アガサは文句をつけた。

「認めた方がいいよ。話し相手がいてうれしいって」

4

翌朝、アガサとチャールズが訪ねていくと、ミセス・ブロクスビーは熱心に話に耳を傾けた。二人が話し終えると、彼女は言った。

「だけど、絶対に鑑識の証拠がたくさんあるはずよね。誰かがその木に登ったとしたら、服の繊維や髪の毛を幹に残しているはずだわ」

「警察内の人間じゃなければ、何もわからないのよ」アガサは愚痴った。「今日、向こうにまた行ってみるつもり」

「ミスター・マリガンなら情報を聞きだせるんじゃないかしら」ミセス・ブロクスビーは言った。「彼をあっちに送りこんだ方がいいんじゃない？」

しかし、アガサは殺人者を見つけるために雇われたのは自分だと思っていたし、部下に手柄を奪われたくなかった。「彼にはオフィスで仕事を監督してもらわないと。ダウンボーイズに出発する前に、連絡しておくわ。ともあれ、現実は〈CSI：科学捜査班〉のテレビ番組とはまるでちがって、鑑識の結果が出るまでにすごく時間がかかるのよ」

「あの一家をとてもよく知っている人物にちがいないな」チャールズが言った。「殺人者は寝室の場所を知っていたし、木のことも知っていたんだからね。きみの話だと、彼女はジェームズとはセックスをしなかったが、淫乱だった。としたら、どこかで欲望を満たしていたはずだ。たとえば、あの木を登って寝室に忍んでくる愛人がいたとか。どういう木だったんだ？」

「古いヒマラヤスギよ」アガサは言った。「文字どおり歩いて登れる。おまけに太い枝は隠れるにはうってつけだった」

「それほどベッドテクがすごかったなら」とチャールズは指摘した。「彼女に執着した人物がいた可能性があるよ。父親が絶対に結婚を認めないような人物だったのかも。彼女は村の娼婦みたいなものだったのかもしれないな」

「サー・チャールズ！」ミセス・ブロクスビーがたしなめた。

「鋭い指摘ね」アガサはため息をついた。「そろそろ出発した方がよさそうだわ。いっしょに来る、チャールズ？」

「あとから追っていくよ」

パトリックはそれ以上のニュースはない、とむっつりと言った。ただし、彼はすでにその朝、ヒューズの情報提供者に電話していたので、ジェリーには前科がないらしいことと、警察が敷地にやって来て川をさらっているということを報告した。

「どの川？」アガサはたずねた。

「フリム川だ。敷地のはずれを流れている。ブロス＝ティルキントンはそこに船を係留しているんだ」

アガサはパトリックとフィルで仕事をちゃんとさばいていることを確認すると、ダウンボーイズまでの長旅に出発した。出発するまで食欲がなかったので、途中で油っこい朝食をとった。トニに電話して、一時にパブで待ち合わせしようと言っておいた。

トニはパブのラウンジにいた。アガサが入っていくと、さっと立ち上がって言った。

「いろいろわかったことがあります。そちらは何かわかりましたか？」

「銃の型式と、ヒマラヤスギの木は隠れるのにうってつけってことだけ。それから鑑識は何か発見するまで、びっくりするほど時間がかかるってことね」

トニの目が光った。「でも、犯罪現場班はいろいろ発見したんです。意外じゃありませんけどね。髪の毛、さまざまな服の繊維、ビール缶、チューイングガムを発見しています」

「なんですって！　その素人の殺人犯はつかまったの？」

「いいえ、でも以前に村の少年が逮捕されたことがあるんです。ゆうべ、パブで地元の若者たちとおしゃべりしてわかりました。フェリシティは寝る前に照明をつけ、窓を開け放ったまま、ちょっとしたストリップショーを演じる習慣があったんです」

「だけど犬が！　あの防犯装置も！」

「連中は笑って、こう言ってました。犬は子ネコみたいにおとなしいし、ジェリーは飲んだくれで、しょっちゅう酔い潰れて寝こんでしまい、えさをやるのを忘れるって。連中は犬のビスケットや肉を持っていって、手懐けていたんです。川側からなら、こっそり敷地に入りこんで屋敷に近づけるんです。警察はあの木から、ありとあらゆる証拠を集めていると教えたら、急にへらへら笑うのを止めましたけどね」

「実際に窓から彼女の寝室に入った男がいたの？」

「仲間の一人、バート・トリンプは他の連中よりも少し年上で、一度、侵入しようとしました。彼のすてきな表現を借りると、彼女がセックスしたくてうずうずしていたからです。ある晩、梯子を持っていって登っていき、それを仲間たちは木の上で眺めていた。フェリシティは彼の頭と肩が窓から現れるのを見るなり、あたりに響き渡るような悲鳴をあげた。

バートは逮捕されたけれど、フェリシティの夜ごとのストリップショーのことが明らかになると、ブロス＝ティルキントンはすぐに告訴を取り下げ、警察の未亡人と孤児の会に寄付し、それっきりストリップショーは終わった」

「それはいつのこと？」

「結婚式の二週間前です」

「警察はバートを聴取しているの？」

「わかりません。ああ、このことがメディアに知られたら、ジェームズは本当にまぬけな男だと思われますよね。父親が何が何でも娘を結婚させたがっていたのも無理ないですよ」

「それでジェリーのことは？　どうして彼は解雇されなかったの？」

「オリヴィア・ブロスから何か聞きだせる気がします。それから、今後は名前のティルキントンは省略させてください。舌を嚙みそうで。ジェームズは助けになってくれましたか？」

「ちっとも」アガサは苦々しげだった。「フェリシティはジェームズの前では処女のふりをしていたの。結婚まではセックスはお預けよって。ジェームズったら何考えているのやら、まったく理解できないわ」

「美しい人間はいろいろなことが許されるんですよ。フェリシティはすごくきれいだったし」

アガサは泣きたいというういらだたしい衝動を抑えつけた。

「オリヴィアに会いに行きましょう」アガサは言った。「メディアはまだうろついている？　また裏口から入らないといけないかしら？」

「いえ、正面入り口が使えます。地元の記者が二人いるだけです」

アガサは屋敷のすぐそばまで来るとオリヴィアに電話して、電動式ゲートを開けてくれるように頼んだ。到着したときは雨がしとしと降っていた。二人のびしょ濡れの記者を無視して、トニは車から降りるとインターコムで連絡した。ゲートが開き、車を乗り入れた。記者たちも続こうとしたが、外で警備についていた警官に追い払われた。

アガサは調査らしい調査をしたのはトニとパトリックだけだ、ということにやきもきしていた。そこでオリヴィアへの質問は自分が担当しよう、と決意した。

「この家は誰が掃除しているんでしょう」トニがささやいた。「オリヴィア一人では掃除できませんよね？」

そのことを考えつくべきだった、とアガサは不機嫌に考えた。でも、トニを追い払う方法を思いついた。「オリヴィアはわたしに任せてもらえない？　あなたは村に戻って聞き込みをしてみて」

「オリヴィアに誰が掃除しているのか訊いてからの方がいいんじゃないですか？」トニは当然のことを言った。「それから出かけていって、掃除婦に話を聞いてきます」

「ええ、そうね」アガサはベルを鳴らした。オリヴィアがドアに出てきた。「ああ、どうぞ入ってください」彼女は熱心に言った。「何かわかりましたか？」

「いくつか手がかりが。さらに少し質問させていただきたいんです」

「ラウンジに行きましょう」

「その前に、家の掃除をしている人の名前を教えていただけませんか？」

「それが何の役に立つのかわからないけど、二人の女性が来ているわ。ミセス・フェローズとミセス・ディミティよ。教会の裏にあるストレンジウェイズっていうコテージでいっしょに暮らしているわ」

「じゃあ、あたしはそっちに行ってきます。またあとで」

オリヴィアとアガサはラウンジに入っていった。「お茶か何かいかが？」オリヴィアはたずねた。

「いえ、けっこうです。木に登ってフェリシティが寝支度をしているところをのぞいた地元の少年たちについて、うかがいたいんです」

「あれは本当に腹立たしい事件だったわ！」オリヴィアは叫んだ。「かわいそうに、あの子はほんとにうぶなの」

「おたくのジェリーはその後、どうしてクビにならなかったんですか？　彼は屋敷を警備することになっていたんでしょう？」

オリヴィアは気まずそうな顔になった。「彼は主人にとても忠実だったし、二度とそういうことは起こさないって誓ったから」

「さて、フェリシティの過去の婚約ですが、最初は相手がゲイだとわかって破談になり、二度目の銀行支店長は、フェリシティのセックスに対する強い欲望に困惑したそうです」

「なんてひどいことを。まるっきりのでたらめです。二人とも婿にふさわしくない、と夫のジョージが考えたからなんです。わたしと同じく、主人もフェリシティに最高の人を望んでいました。断られたことでとても腹を立て、話をでっちあげているとしか思えないわ」

オリヴィアがこれほど世間知らずってことはありうるかしら、とアガサは首を傾げた。

「ご主人は在宅されていますか？」

「シルヴァンといっしょに船で出かけました。しばらく家を離れたいって」

「あなたを置いて？」

「わたしは船がだめなんです。船酔いがひどくて」

アガサは珍しく息苦しさを覚えた。部屋は暑すぎたし、長い窓は蒸気で曇っているし、オリヴィアは感傷まみれのべとついた雰囲気を全身から発散している。だが、この女性は娘を亡くしたばかりなのだ、とアガサは自分に厳しく言い聞かせた。

「バート・トリンプと話してきたいんです。村にいますか？」

「ガソリンスタンドで働いていますけど、粗野な男だし何もしゃべらないでしょうね」

アガサはまた外に出られてほっとした。雨は小降りになっている。それほどまだ寒くないのに、あの部屋ではセントラルヒーティングから温風が勢いよく吹きだしていた。オリヴィアが娘のセックスライフについて何も知らないことについて、考えれば考えるほど困惑が深まった。ジョージ・ブロスは支配的な男に見える。オリヴィアは何につけても夫の解釈を鵜呑みにする愛情深い母親、というだけなのかもしれないが。

短い距離を運転してガソリンスタンドに行った。片側には小さなショールームがあり、中古車が展示されていた。給油機の裏側はオフィスで、客たちがガソリン代を支払っている。食料品の売店はなかった。真向かいの食料品店がそれについて反対したのかもしれない。散らばったゴミを掃除している年配の男性にバート・トリンプはどこかとたずねた。「作業場だよ」男は答えた。「裏に回ってくれ」

傘をさして油の浮いた水たまりをよけながら、アガサは裏手の小屋に回っていった。

汚れたブルーのオーバーオール姿の男に、バート・トリンプと話したいと言った。

「バート！」男が大声を出したので、アガサは飛び上がった。青年が小屋の奥の薄暗がりから出てきた。ジョン・ブル（擬人化された典型的イギリス人像）を若くしたような顔をしている。大きな口、がっちりした体形、ビール腹。「あんた、例の探偵？」彼はたずねた。

「そうよ。どこか二人だけで話せるところはないかしら？」

「パブが開いているよ」バートは期待をこめて言った。

「飲むにはちょっと早すぎない？」

「だから、パブはすいているだろう」

「いいわ、ボスに許可をもらってきて」

「その必要はねえよ。父さんがボスだから」

常連が二人バーカウンターにいるだけで、パブは静かだった。アガサは自分にはトニックウォーターを、バートにはエール一パイントを注文した。二人はバーカウンターからできるだけ遠いテーブルにすわった。バートがゴクゴクとエールを飲んでから、アガサはたずねた。「フェリシティのことでやっかいな羽目になったそうね」

「だけど、あれは彼女のせいだ。おれたち全員をたきつけたんだ」

「あの家は厳重に警備されているでしょ。あなたや他のませた少年たちが服を脱ぐのを見物しているなんて、彼女は想像もしなかったんじゃない？」

「脱ぐのを楽しんでたんだよ、意味、わかるかい？　彼女のやってたのはストリップショーみたいなもんだった。一枚、一枚、そりゃもうゆっくり脱いでくんだ」

「でも、見られているのに気づいていなかったかもしれない」

「ふん、まさか。だって、ある晩、彼女は叫んだんだぜ、『ショーはおしまいよ、坊やたち』って。で、カーテンを閉めた。だから、次の夜、おれは梯子で登っていった。彼女は悲鳴をあげた。で、みんな逃げちまったけど、警官が次の日にやって来た。それからブロスの親父が訪ねてきた。またこんなことがあったら殺してやるって脅したけど、おれのことは告発しないってさ。そのあとはすげえおとなしくしてるぜ」

「彼女を殺したのは誰だか、見当がつく？」アガサはたずねた。

バートはもじゃもじゃの茶色の髪をかいた。「なんていうかさ、彼女はちょう、ちょう……」

「挑発？」

「そう、そいつだ。あいつは、男をその気にさせる女だったんだ。だからさ、森で発見されて、首を絞められレイプされてたとかなら、当然の報いだって、みんな思っただろうな。だけど撃たれたんだろ！　銃を持ってる人間に話を聞いた方がいいぜ」

一方、トニはミセス・フェローズとミセス・ディミティの居心地のいいコテージのリビングにすわっていた。トニはお茶を飲みながら、二人とも未亡人で、経費を節約するために引っ越してきたことを知った。前々から似ていたのか、いっしょに暮らしているのと年齢のせいか、姉妹のように見えた。二人とも五十代後半で、どちらもきつくパーマをかけた灰色の髪に小さなきらきらした目をして、感じのいいふくよかな体形をしていた。

「だけど、ミス・フェリシティを殺した犯人は見当がつかないわねえ」ミセス・フェローズが言った。「あの婚約者じゃないんなら」

「ミスター・レイシー？　どうして彼が？」トニは質問した。

女性たちはそわそわと顔を見合わせてから、ミセス・ディミティが口を開いた。

「ねえ、あんたはミセス・ブロスのために仕事をしているんでしょ……」

「省略してブロスって呼んでるんですか？」

「だってフルネームだと舌を嚙みそうで。あのミスター・レイシーのせいで、怒鳴りあいとかけんかがしょっちゅうだったのよ。ミスター・レイシーは〈ヌードの使用人〉のことを聞くと、カンカンになって、ミセス・ブロスを下品だと罵った。ミスター・ブロスはミスター・レイシーを殴ろうとしたけど、ミスター・レイシーは彼を椅子に押しつけるようにすわらせ、気が変わった、もう結婚はしたくない、って言った。ミス・フェリシティはわんわん泣いてねえ。ミスター・ブロスは約束不履行だのなんだのってミスター・レイシーを脅した。とうとう、ミスター・レイシーは言ったの、疲れたみたいに。『泣かないで、フェリシティ。約束は守るよ』そしたらミス・フェリシティはすっかりご機嫌が直って、母親と結婚式の手配について相談しはじめた。あたしに言わせりゃ、ミス・フェリシティはいつもちょっと抜けてたよ」

「どうしてあんなに厳しい警備をしているんですか?」トニは質問した。

「あの一家が引っ越してきてから、ずっとあんなふうね。だけど、結婚式の日は犬たちは閉じこめられ、花嫁を教会に連れていくためにゲートを開きっぱなしにしていたわ」ミセス・ディミティは言った。「地元のガキどもがミス・フェリシティをのぞき見してつかまってから、ミスター・ブロスはジェリーを叱りとばし、仕事をちゃんとやれと命令したのよ。だけど防犯アラームはそこらじゅうにあるし、防犯ライトだってつけてあるのにねえ」

「男の子たちはどうやってセキュリティを通過したんですか?」

「川側から入ってきたのよ」ミセス・フェローズが言った。

「川には船がたくさんあるんですか?」

「二、三隻かねえ。ミスター・ブロスは敷地のはずれの川は自分個人のものだって主張しようとしたけど、他の船が海に行くときの通り道だから認められなかったのよ」

「それで殺人があった日ですけど」トニは熱心にたずねた。「何者かが船でやって来た可能性はありますね、そして――」

ミセス・フェローズがさえぎった。「いえ、まさか。考えてみて。拳銃を持った男が川から来て、真っ昼間に庭を突っ切って歩いていったら、誰かに目撃されているわ」

「フェリシティはもしやミスター・レイシーに隠れて浮気していたのでは?」トニが水を向けた。

「その時間はなかったと思うけどね、絶対」ミセス・ディミティが言った。「ミセス・ブロスによると、二人はしょっちゅうあちこちに旅行していたそうよ。婚約してまだそんなに時間がたっていないでしょ。ただし冬のあいだ、ミスター・レイシーは一人で六週間も旅をしていて、フェリシティと両親はスペインに行ってたわね」

「仕事で?」

「いいえ、ただの休暇だと言ってた。だけど、わたしたちは掃除をしなくちゃならなかったのよ」ミセス・フェローズはこぼした。「ミセス・ブロスが帰ってきたときにほこりが落ちてるのを見たくないって言うから。あ、ちょっと待って。ジェリーもみんなといっしょに行ったから、敷地と犬の面倒を見るために他の男が来ていたわ。なんて名前だっけ、ルビー?」

ミセス・ルビー・ディミティは考えこんだ。それから言った。

「わかった。ショーンよ。ただのショーン。それだけ。生粋のアイルランド人だったね」

「どんな外見でした？」

「説明しにくいわね。ひきこもっている人だったから。お茶を飲みにキッチンにやって来ることすらなかったの。たぶん三十歳ぐらいね。茶色の髪、不細工な顔、これといって特徴はないけど、とても頑健そうだった。あの犬たちを連れて何キロも歩いていたね」

トニはさらにいくつか質問をしたが、それ以上の情報は得られなかった。

コテージを出るとき、トニの携帯電話が鳴った。アガサからだった。

「何かわかった？」

「少し。今どこですか？」

「パブよ。バートが帰ったところ」

「合流します」

「まずあなたから」トニがすわるとアガサはうながした。トニはショーンについて話した。アガサはぱっと明るい顔になった。「となると、少なくとも追いかけなくちゃならない人が新たに見つかったわね。オリヴィアのところに戻って、彼の居場所と、どこで知り合ったのか訊きましょう。他には？」

「二人の掃除婦はジェームズだと思っているみたいでした。〈ヌードの使用人〉のことで大げんかをしているのを聞いているし、彼が婚約を破棄したいと言ったら、ブロスが殴ろうとし、それから脅しつけたそうです。フェリシティは泣きはじめ、ジェームズはあきらめて結婚を進めると言ったとか」

「警察がまだその情報をつかんでいなくても、じきに耳にするわね」アガサは憂鬱そうに言った。

「バートはどうでしたか？」

「あまり役に立たなかった。ただ、フェリシティは服を脱ぐのを見られていることを承知の上で、ストリップショーをやっていた、と言ってた」

「あばずれですね！」

「まったくね。あきれるほど馬鹿な女だったのよ、まちがいなく。恐怖の屋敷に戻って、ショーンの住所を訊いてきましょう」

オリヴィアは一瞬とまどった顔になってから、はっと気づいた。

「ああ、ショーン・フィッツパトリックのことね。覚えてるわ。ヒューズのマリーナに係留した船で暮らしているのよ」

「船の名前は？」アガサはたずねた。

「覚えてないわ」

「マリーナはどこですか？」

「わたしは地理に詳しくないの。でもヒューズで訊けば教えてくれるわよ」

「妙ね」アガサは車で走りだすと言った。

「何がですか？」とトニ。

「だって、葬儀はもうすぐでしょ。遺体が返されたらすぐに。でもオリヴィアは大切な娘がつい最近亡くなったばかりなのに、ずいぶん元気そうに見えたわ」

「たぶん、表面だけ気丈にふるまっているんですよ。それどころか、何かの薬を処方されているように見えました。抗うつ薬を大量に飲んでるにちがいありません。最近は嘆き悲しんだりしないように先手を打つんです。問題のショーンを捜しましょう」

マリーナへの道順をヒューズで訊くと、長く曲がりくねった石畳の通りの突き当たりだということがわかった。何隻もの高価そうなヨットが、小型船と並んで水面で揺れている。小さな石造りの桟橋があり、埠頭にはおしゃれなブティックや外にテーブルを出したカフェが並び、勇敢にも突風の中で背をかがめてコーヒーを飲んでいる人たちがいた。

「桟橋にオフィスがあるわ」アガサは車から降りると言った。「まずあそこで訊いてみましょう」

オフィスでは、映画の船員のエキストラみたいな格好をした男がデスクの向こうにすわっていた。「本物のギリシャの漁師帽」と広告で見かけたことのある帽子をかぶり、タッターソール・チェックのシャツに白いアランセーターを着て、シルクのアスコットタイを首元にたくしこんでいる。目の前に二人が立っているのに気づいているはずなのに、知らん顔でメモ用紙に何か書き続けていた。

アガサは数分待ってから、ドスのきいた声で言った。「けっこう、忙しい人だっていう事実は充分に理解できたわ。了解よ、はっきりわかった。ひとつふたつ質問したいことがあるの」

彼は顔を上げ、おもしろがっているような不遜な表情を浮かべた。それから椅子の背に寄りかかった。ごつごつした顔で、目の下がたるんでいる。「船がほしいのか？」

「いいえ」アガサは言った。「というか、特別な船を捜しているの。ショーン・フィッツパトリックの船」

「今度は何をやらかしたんだ？　あんたの娘を誘惑した？」

「わたしたちは私立探偵よ。わたしはアガサ・レーズン、こちらはトニ・ギルモア。ミセス・ブロス＝ティルキントンにお嬢さんの殺人事件を調査するために雇われたのよ。さあ、どこで彼を見つけられる？」

「ここを出たら左手に歩いていけ。ヘレナっていうクルーザーだ」

「ヘレナって誰かしらね、過去の人にしろ現在の人にしろ」外に出るとアガサは言った。

「あそこです」トニが叫んで指さした。「あれはかなり馬力がある船ですよ。大金を出さないと買えないはずです」

「ミスター・フィッツパトリック！」アガサは叫んだ。

船には人の気配がしなかった。

「船乗りみたいに『アホイ』って叫んでみたら？」トニが勧めた。

「そんなの無理。馬鹿みたいじゃない。ミスター・フィッツパトリック？」

「風のせいで声が届かないんですよ。ちょっと船に上がってみましょうか？　寝こんでいるのかもしれない」

アガサは自分が船に上がると言いたかったが、股関節に猛烈な痛みが走った――人口股関節置換術を大声で求めている痛みだった。

「どうぞ」ぶっきらぼうに答えた。

トニがデッキに上がるのをうらやましく眺めた。トニは大声で呼んだが、川沿いの町から伝わってくる車の往来の音と、頭上でカモメが鳴く声しか聞こえない。トニがアガサを見たので、アガサはそのまま進め、と手振りで示した。トニがキャビンのドアに手をかけると、鍵がかかっていなかった。昇降口の階段を下りてトイレを通り過ぎ、海図が広げられたテーブルをすり抜けて、キャビンに入っていった。空っぽだった。トニは戻ろうとして、このサイズのクルーザーなら寝室があるはずだと気づいた。

キャビンの奥のドアを開けた。ベッドの上には服を着た男が仰向けに倒れていた。三つ目の目のように額の真ん中に穴がある。銃創からの出血で枕が血まみれだった。トニはゆっくりとあとずさった。顔は蒼白になっていた。回れ右をして階段を駆け上がってデッキに出ると、アガサに大声で叫んだ。

「警察に電話して。殺しです！」

風のうなりとからかうようなカモメの鳴き声で、トニの言葉は聞きとれなかったが、その蒼白な顔を見て、アガサはトニが使わなかった狭い渡り板をそろそろと進んでいった。

「彼は死んでました。撃たれて。警察を」トニが息せき切って言った。アガサは携帯電話を取り出し、かけはじめた。

「ショーンの船で何をしているのかな、ご婦人方?」呼びかける声がした。

トニに声は聞こえたが、言葉は聞きとれなかった。埠頭の方を見ると、シルヴァン・デュボアが見えた。叫ぼうとしたが、彼はデッキに飛び乗ってきた。

「ショーン・フィッツパトリックだと思います」トニは言った。「死んでます。撃たれて」

「本当か?」シルヴァンはたずねると、昇降口に向かった。

「そこには下りないで!」トニは叫んだ。「犯罪現場です」

「彼が死んでいるのか確かめる必要がある。死体に触ったのか?」

トニは身震いした。「いいえ」

「ちょっと調べてくる」

アガサは電話を終え、怒ってたずねた。「彼、どこに行ったの?」

「死体を見に」

「下りていって、何をやっているか確認した方がいいわね」アガサは言った。

「警察が到着しました」トニはスピードを上げて近づいてくる二台のパトカーに必死

に手を振った。

シルヴァンがまた現れ、二人が埠頭に降りるのに手を貸した。「あそこに行くべきじゃなかったわ」アガサは非難した。「犯罪現場なのよ」

「今はそれがわかったが、確認しなくてはならなかっただろ」と彼は肩をすくめた。

ボース主任警部に率いられ、警官たちがパトカーからどっと降りてきた。アガサは何を発見したか、どうしてショーンを捜していたのかを簡潔に説明した。ボースは命令を次々にがなりたてた。アガサ、トニ、シルヴァンは警察署に行き、指紋をとられ、銃の硝煙反応がないか両手を調べられることになった。アガサは憤懣やるかたなかった。

三人はヒューズ警察署で指紋と手を調べられたあと、延々と待たされた。

ようやく警部がファルコン部長刑事といっしょに戻ってきた。

「まず、あなたから、ミセス・レーズン」

アガサはジェームズかチャールズか、せめてロイでもいっしょにいてくれたら、と痛切に感じた。チャールズはあとから来ると言っていたが、いつものように自分勝手で、まだ姿を見せていなかった。疲れていたが背筋を伸ばし、取り調べ室の椅子にすわった。

「コーヒーは？」ボースがたずねた。

「警察のコーヒー？」

「隣にスターバックスがある」

「よかった。ブラックで。煙草を吸ってもかまいません？」

「どうしてもというなら」

アガサは煙草に火をつけ、このお節介な国も、囚人またはもうじき囚人になる人間には悪癖を直さなくてもかまわないと考えてくれたことに感謝した。

まもなく女性警官が、コーヒーの入った厚紙の容器をのせたトレイを運んできた。コーヒーを買いに行かせられるのはやはり女性の警官なのね、とアガサは思った。だいたい、女性警官と呼んでいいのかしら、それともただ警官と呼ぶべきなのか——。

「ミセス・レーズン！　白昼夢は終わりましたか？」ボースが言った。「では、ミセス・レーズンの取り調べを始めます。ファルコン部長刑事とハゼイ巡査が同席。時刻十五時半。では最初に、なぜミスター・ショーン・フィッツパトリックに会いに行ったのか話してください」

アガサはもう一度、オリヴィアに殺人事件の調査を頼まれたことを説明した。ブロス＝ティルキントン一家と雇い人のジェリーが海外に行っているあいだ、ショーン・

フィッツパトリックが家と敷地の警備を引き継いだと知った。彼は船を持っていると聞き、船の場所を見つけ、埠頭で呼びかけたが返事がなかった。そこでトニ・ギルモアが船に乗り、まもなく戻ってきてショーンが殺されていると報告した。ちょうどミスター・シルヴァン・デュボアがやって来て、ショーンが本当に死んでいるのか確認するために船に上がっていった。「それですべてです」アガサはきっぱりと断言した。

しかし、すべてとは認められなかった。朝起きてから船を訪ねるまでの一挙手一投足を説明するように求められたのだ。しぶしぶ、バート・トリンプとの話の詳細を伝え、ショーンについてはトニが掃除婦から情報を得たことも話した。それからまた最初から繰り返さなくてはならず、とうとう語気を荒らげた。「わたしは何かで告発されるんですか？」

「いいえ」ボースは言った。「ただ捜査に協力してもらっているだけです」

「じゃあ、もう帰ります」

「この界隈から出ないように。たぶんまた話を聞かせてもらうと思います」

アガサは受付の前にすわってトニを待っていた。ジェームズは自分が密接に関係している殺人事件からよくも逃げだせたものだ。また彼に会わなくてはならない。彼なら絶対に何か耳にしているはずだ。「何を夢見ているのかな」シルヴァンが声をかけて、隣にすわった。

「夢なんて見ていない。必死に考えていたのよ。あなたはあの一家と知り合いでしょ。友人同士なのよね。きっと何か考えがあるんじゃない」

彼は両手を広げた。「ちゃんとしたイギリス人家族に思えたんだ。とてももてなし上手で。ジョージ・ブロスはフェリシティのことをあまり好きじゃなかったようだけどね」

「なんですって！　実の娘なのに？」

「いや、言っとくが、フェリシティは彼の娘じゃなかったんだ。ある晩酔っ払って告白した。あるときオリヴィアが浮気をしたんだ。彼は妻を愛していた。実に不思議（ビヤン）だがね、鉄かぶとみたいな髪をした小太りの女だぞ？　二人には子どもができなかったので、彼女を実の娘として育てることにした。彼はフェリシティを結婚させ、自分の人生から追い払いたくてたまらなかったんだ」

「フェリシティは何かひどいことをしたの？」

「さあね。でも、彼を喜ばせようとしていたし、とびぬけた美女に成長すると、しばらくはうまくいっているように見えたな」

「警察はそのことを知っているの？」

「いや、ぼくは言わなかった」

「父親は誰だったの？」

「それはオリヴィアに訊かないと。でも、ぼくから聞いたとは言わないでくれよ。ところで今夜、ディナーでもどうかな？」

ふだんなら、まだ疑わしく感じているとはいえ、魅力的なフランス人とディナーをともにするチャンスに飛びついただろうが、二件目の殺人にすっかり震え上がっていた。「またの機会に」彼女はむっつりと答えた。

トニがようやく現れたので、アガサは急いで立ち上がった。

「じゃあまた」シルヴァンに言った。彼は立ち上がって、二人のために警察署のドアを押さえてくれた。

「心配しないで」彼はささやき、アガサの肩に腕を回すと胸に引き寄せた。「こんなことはすぐに忘れてしまうよ」

「殺人事件が解決しない限り、わたしは絶対に忘れないわ」アガサは言うと、シルヴァンの腕から抜け出した。

車に乗ると、アガサはトニにフェリシティがジョージの実の娘ではなかったことを話した。

「だけど、他にもあるの」

「何ですか？　あーあ、ぎりぎり絞り上げられましたよ」トニはぼやいた。「取り調べを終わらせるために、あわや殺人を自白しそうになりました」

「シルヴァンが船に上がったことを覚えているでしょ」

「ええ」

「さっき、わたしをハグしたとき、内ポケットで紙がガサゴソいうのが聞こえたの――大量の紙よ。いい、あのおしゃれなフランス人は大量の紙で特注ジャケットのラインをくずすような真似はしない。船から盗んできたとしたら？」

「紙が散らばっているのは見ませんでした」

「しまってある場所を知っていたのかもしれない。これから屋敷に行って、オリヴィアにフェリシティについて訊いてみるわ。そのあと道沿いに隠れて、シルヴァンが出ていくかどうか見張る」

「だけど、すでに屋敷の外にいますよ」トニは指摘した。

「わかってる。でも、薄手のスーツを着ていたし、冷えこんできている。着替えに戻るかもしれないわ。彼が出ていくのを待って、またオリヴィアのところに戻る。あなたはオリヴィアとしゃべっていて。そのあいだにわたしはトイレに行くと言って、彼の部屋をのぞいてみるわ」

「どの部屋かわかるんですか？　大きなお屋敷ですけど」

「鼻を利かせるわ。彼はサンダルウッドの香りをさせているから」

「代わりに屋敷の中に隠れられればいいんですけど」

「どうして？」

「シルヴァンとオリヴィアが話すことを聞きたいんです」

「どういう行動をとるか決める前に、まずオリヴィアにフェリシティのことを確認するわ」


オリヴィアは最初のうち、フェリシティは実の娘だと、かたくなに言い張っていた。それからいきなり観念して、すすり泣きながらフェリシティは養女だったと告白した。ジョージはずっと子どもをほしがっていたが、オリヴィアが妊娠しなかったのでとても失望していた。そのうちジョージは仕事でスペインに一人で行くようになった。数カ月後、浮気をしたら、その女性が妊娠したと打ち明けた。オリヴィアは離婚するといきまいたが、彼はずっとほしかった子どもを持てる絶好の機会だと、説得しようとした。とうとう彼女も承知した。彼が赤ん坊を家に連れ帰ってくると、オリヴィアは小さな赤ちゃんに夢中になった。ジョージは母親の名前をとうとう言わなかったし、オリヴィアも知りたいと思わなかった。

「養子縁組の書類に書いてありますよ」アガサは指摘した。

「ジョージが正式な手続きはしたくないと言ったので、赤ちゃんが来るまでの半年間、わたしは妊娠しているふりをしていたの」

「だけど、どうやって赤ん坊を国内に連れてきたんですか？」トニがたずねた。

「船で運んできたのよ」

「当然、港で税関検査があるでしょ？」アガサがたずねた。

「ああ、ジョージが役人と知り合いだから。赤ん坊はロッカーの中でぐっすり眠っていて、中をのぞきもしなかったみたい」オリヴィアは言った。

アガサは驚いて目を丸くした。税関の役人を出し抜き、ジョージは他に何をこっそり持ちこんでいたのだろう？

「母親がスペイン人かどうかはわかりますか？」トニが質問した。

「たぶんそうよ」

「だけど、フェリシティの肌はとても白かったですね」

「スペイン人でも白い人はいるわ。ああ、お願い、警察には黙っていて。逮捕されるだろうし、そんなことになったらもう耐えられないわ」

オリヴィアが落ち着くまで、二人は待っていた。「ええ、黙ってます」アガサはしぶしぶ答えた。

「誰から聞いたの？」オリヴィアはたずねた。

アガサは必死に頭をしぼった。村の人間？　まさか。警察？　だめだ。

「シルヴァンね」オリヴィアは苦々しげに言った。「そうに決まってる。彼はわたしのことを嫌っているから」

アガサは咳払いした。「残念ですが、悪いお知らせがあるんです」

「悪い知らせ？　殺人以上に悪い知らせなんてないでしょ？」

「ショーン・フィッツパトリックが殺されていたんです」

一瞬、オリヴィアは気絶しそうに見えた。赤い唇が白い顔の中で唯一の鮮やかな色だった。

「ショーン」ようやく彼女はささやいた。「どうしてショーンが？」

「ご主人の親しい友人だったんですか？」アガサはたずねた。

彼女は震える手でもう質問はおしまい、という身振りをした。「もうけっこう。これ以上耐えられない。鎮静剤を飲んでベッドに入るわ。警察が来たら、具合が悪いので質問には明日答えます、と言っておいて」

「お手伝いすることがありますか？」アガサがたずねた。

「もう放っておいて！」オリヴィアは立ち上がると、よろめく足で部屋から出ていった。

トニとアガサはしばらく黙りこんでいたが、アガサがささやいた。

「夫の居所と、いつ帰ってくるのか訊くのを忘れたわ」

「赤ん坊以上のものを密輸しているんじゃないでしょうか」トニが意見を言った。

「ありえるわね。それでいろいろなことの説明がつく。厳重なセキュリティのことも。でも、フェリシティ・シルヴァンの死についてはまだわからない。オリヴィアが寝てしまうのを待っていれば、シルヴァンの部屋をのぞけるかもしれない」

「でも、彼はまだ書類を持っていますよ」トニが思い出させた。

「他にも何かあるかもしれないわ。ねえ、あなたは港に戻って、ショーンについて探りだしてもらえない？」

「あなたはどうやって帰るんですか？」

「タクシーを呼ぶわ」

アガサは静かな屋敷で待ち続けた。とうとう立ち上がり、厚い絨毯敷きの階段を上がっていった。ほとんどの寝室のドアは開いたままだ。オリヴィアですら開けたままだったので、彼女がぐっすり眠っているのが見えた。

部屋をのぞきながら廊下を進んでいくと、突き当たりに閉じたドアがあった。取っ手を回そうとしたが、鍵がかけられていた。

アガサはめったに使わないクレジットカードを取り出し、錠に差しこんだ。

「鍵を持っていれば役に立つよ」からかうようなフランス訛りの声がした。アガサは顔を真っ赤にして振り返った。

「ちょっと見て回っていただけよ」彼女は弁解した。「調べることになっているから」

「警察が下に来てる」シルヴァンは言った。「オリヴィアはどこだい？」

「鎮静剤を飲んで眠ったわ」

「じゃあ、下りていってそれを伝えた方がいいね」

アガサは階下の警察と短いやりとりをした。ボースは朝になったらまた訪ねてくると言った。アガサは階下でぐずぐずしていた。シルヴァンは下までついてこなかった。

ふいに疲れと恐怖すら覚え、カースリーに戻りたくなった。その願いがすぐにかなえられるとは、そのときは知らなかったのだが。

5

翌朝、トニとアガサは朝食をとっていた。トニはフィッツパトリックについてほとんど探りだせなかった。地元の連中によると、彼は「ひきこもって」いたらしい。

ファルコン部長刑事がやって来たので、朝食を中断させられた。「ミセス・ブロス＝ティルキントンはもうあなたのサービスは不要なので、放っておいてほしい、と言っています。警察としては、二人とも自宅に帰るように提案します。住所を書き残していってください。あなた方のしたことは警察の捜査を攪乱（かくらん）しただけですな」

本来ならもっと強く抗議してもいいところなのに、アガサはさほど反論しなかった。わが家！　コテージと猫たちのところに戻れる。

彼女はたずねた。「ミスター・ブロスはもう戻ってきたんですか？」

「ああ、ゆうべね。彼もあなたに帰ってほしいそうです」

「なんだか、ほっとしているみたいですね」刑事たちが引き揚げると、トニは不満そ

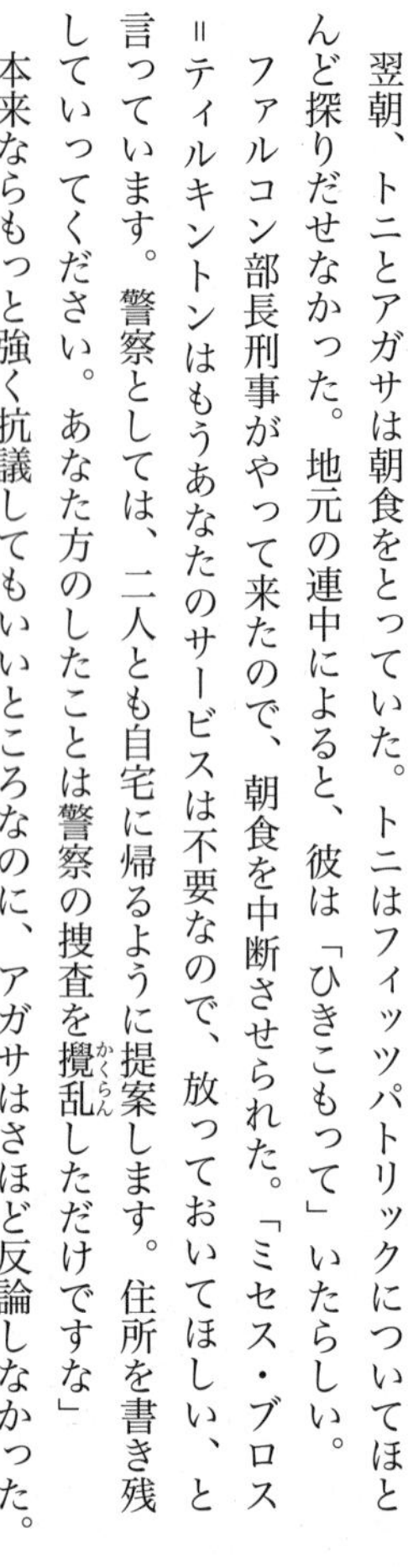

うに言った。

「ええ、そうなの。ここでは集中できなくて。なじみの場所に戻ってじっくり考えたいのよ。ただオリヴィアに電話して、本気で解雇したいのかだけ確認しておくわ」アガサは携帯電話を取り出した。

オリヴィアは電話に出て、アガサの声を聞くなり泣きだした。とたんに受話器がひったくられて、けんか腰のジョージの声が聞こえてきた。「ここからとっとと出ていってくれ、このばばあ」彼はわめいた。「さもないと後悔させ――」

アガサは電話を切った。

「わたしたちにいてほしくないのはジョージのようね。支払いをしてチェックアウトしましょう」

アガサはトニの小型車のあとからミルセスターまで走り、さよならと叫ぶと、家路についた。ダウンボーイズのよそよそしさのあとだと、コッツウォルズがとても親切で温かく感じられた。風の強い寒い日で、カースリーに下る坂道を縁どる木々が、スピードを上げて走り去るアガサを歓迎してお辞儀をしているようだった。

家に入っていくと、掃除をしてくれているドリス・シンプソンが働いていた。カースリーでは珍しく、ドリスはアガサをファーストネームで呼んでいる。

「おいしいお茶が必要みたいですね」ドリスは言うと、掃除機のスイッチを切った。

「強いジントニックを飲みたい気分よ。作ってくるわ。猫たちはどこなの？」

「うちのスクラブルと遊んでますよ。掃除を終えたら、連れてきますね。明日の夜の村の集会には出席するんですか？」

「疲れてるから。それに何の集まりなの？」

「パブの寄付金を集める方法を考えるんです」

「あら、やだ。行かなくちゃ。何か手伝うってミセス・ブロクスビーに約束したの。すっかり忘れていたわ」

「ともかく、飲み物を飲んで休んでいてください。本当に疲れて見えますよ」

「ジェームズは家にいる？」

「きのうは見かけました」

アガサは隣に飛んでいきたいという衝動をこらえた。ドリスに疲れて見えると言われたこともあり、二階のバスルームに上がって鏡をのぞき、びっくりして悲鳴をあげた。目の下には黒いクマができ、上唇にはいまいましい毛が生えている。毛を抜き、冷たい水で顔を洗った。シャワーを浴び、お肌のひきしめクリームを塗ってから、ていねいにメイクし、豊かな茶色の髪がつやつやになるまでブラッシングした。白いコットンのブラウスとリネンのパンツに着替えた。

階下に行くと強いジントニックを作り、煙草に火をつけた。フェリシティの殺人事件は、中途でギブアップする初めての案件になりそうだ。まぶたが閉じはじめ、まもなく眠りこんでいた。ドリスがそっと入ってきて、アガサの煙草を灰皿で消した。

二時間後、ドリスが猫を連れてきた物音で目覚めた。二匹は彼女に会ってもさほどうれしそうではなかったが、しばらく留守にしていると、いつもそういうそっけない態度をとった。放っておかれたことで、猫なりのやり方でアガサを罰しているのだろう。

もう年だわ、とアガサはドリスにお金を支払ってから思った。エネルギーがなくなりかけている。そのとき、二件の殺人の理由を解き明かそうとして、ゆうべはろくに寝ていなかったことを思い出した。それに、サセックスから家まで長距離を移動してきたのだ。

気分が少しましになって、また二階に行くとメイクを直してからジェームズを訪ねた。ジェームズはドアを開けると、いきなり言った。「入って。このもうひとつの殺人事件について、朝刊で読んでいたところなんだ」

「見せて」アガサは身をのりだした。

「すわっていて。コーヒーを持ってくる」

アガサは新聞を読んでみた。確実な情報はほとんど載っていなかった。ショーンの経歴については、他人の船で働いたり、ときどき大工仕事や庭仕事などをこなしたりして金を稼いでいたということ以外、まったく書かれていなかった。悲嘆に暮れている血縁者についてもゼロ。しかし、メディアはフェリシティの元婚約者については突き止め、村の少年たちにも取材していた。はっきりそうとは言わないまでも、少年たちはフェリシティを色情症のように描写していた。もうじき結婚するはずだった最新の婚約者ジェームズ・レイシーのコメントはとれなかった、と書かれている。ジョージとオリヴィアは激怒しているにちがいない。

ジェームズがコーヒーのマグを持って戻ってくると、アガサは言った。

「メディアがここに詰めかけてきたんでしょうね」

「きのうはいたよ。たぶんまた来るだろう」

「フェリシティがオリヴィアの娘じゃなかったって知っていた？」

「まさか！　どうしてわかったんだ？」

「それがおかしな話なの。まずシルヴァンがフェリシティはオリヴィアが不倫した結果できた子だと言い、そのあとでオリヴィアが、フェリシティはジョージが不倫相手に妊娠させた子だと言ったの。それについて詳しく聞く前に、警察から、オリヴィアはもう事件を調べてほしくないと思っているから町を出ていくように、と言われたのよ。オフィスに行って、パトリックに警察のコネを使ってショーンについて探りだしてもらうわ。警察はあなたに会いに来た？」

「うん、わたしが村を離れていないか、きのう確認しに来たよ」

「明日、村の公会堂に行くつもり？」

「ああ、パブの件だね？　たぶんね。充分なお金を集められれば、ジョン・フレッチャーは冬に備えてヒーターつきの喫煙エリアを屋外に設けられる。わたしは喫煙に賛成なわけじゃないが、禁煙法で多くのパブが廃業に追い込まれるのは本意じゃない」

「気分はどう？」アガサはたずねた。

「想像がつくだろう？　けがらわしい老人の気分だ」

「何言ってるの。彼女はティーンエイジャーじゃなかったのよ」

「美しさしか目に入らなかったんだ」ジェームズが悲しげに言ったので、アガサはまたもや自分が野暮ったいおばさんに感じられてきた。

「そろそろオフィスに行かないと」彼女はぎくしゃくと立ち上がった。

「少し休んだ方がいいんじゃないのかい？　疲れて見えるよ」

「そんなこと言われるまでもないわ」アガサは苦々しげに答えた。

オフィスに車を走らせていると、パブを増築する寄付金集めのアイディアが閃いた。

オフィスに着くと、パトリックとフィルは仕事に出ていて、ミセス・フリードマンしかいなかった。

「他にもスタッフがぜひとも必要ですよ」ミセス・フリードマンは訴えた。

「求人広告を出すわ」アガサは言った。「あとで原稿を書くわね」彼女は受話器をとってダイヤルした。思いつく限りの新聞社、雑誌社、テレビ局に電話して、まだフェリシティの事件を追っているので、村の公会堂の会合を記事にしてくれたら、事件の糸口をつかみしだいすぐに知らせる、と約束した。それから、地元紙に載せる探偵の求人広告の原稿を書き、ミセス・フリードマンに電話で入稿するように指示した。

ジョン・フレッチャーのために、メディアがえさに食いついてくれますように、と祈った。

それからオフィスを出て、車でカースリーの〈レッド・ライオン〉に向かった。

「おれに何をしてほしいって？」ジョンは訊き返した。

「少し取り乱してほしいの、泣くとか洟をすするとか、そんな感じで。いいわね。同情をかきたてることができたら、地元テレビで放送されるから寄付がどっさり集まるわよ。わかったわね。鼻を一、二度ぐずぐずさせるだけの価値があるのよ」

「すげえ弱っちい男に見えるんじゃないかな」

「自分のパブを守りたいの、守りたくないの？」アガサは迫った。

「守りたいさ、でも――」

「じゃ、すすり泣きをして」

翌晩、教区会に選ばれていたミセス・ブロクスビーは他の評議員とジョン・フレッチャーといっしょに壇上にいた。アガサは自分とジェームズも壇上にすわらせてもらうことにした。

村の公会堂は人であふれ、メディアが大挙してやって来ていた。ミセス・ブロクスビーは、アガサがこうした大勢の人々を誰よりも巧みにさばくことをよく知っていたので、これからミセス・レーズンが寄付金の必要な理由を説明する、と発表した。もっとも、カメラの前で目立とうと意気込んでいた教区の評議員たちは、あてがはずれてがっかりしていた。

メディアはサウンドバイト（ニュース番組などで引用される短い言葉）をほしがるので、アガサは演説を攻撃で始めた。「この過保護な国は、クロムウェルの時代以降、これほど最低最悪だったことはありません」それから、村の社交生活の中心であるパブが閉店したら、村は心を失ってしまう、と訴えた。

聴衆の嫌煙者ですら、アガサを応援した。というのも、喫煙者が外で一服するせいで、パブで開かれる毎週のクイズゲームが何度も中断されたからだ。ダーツ競技会しかり、スヌーカー競技会しかり。

それからアガサはジョン・フレッチャーをマイクの前に呼んだ。

「パブの店主からひとこといただきます。気の毒なジョンはとても不安になっているようですね」アガサは笑顔で言った。彼女は大きなハンカチを取り出して、ジョンの顔をふいた。古臭い手だったが、ハンカチには強烈なタマネギの汁を染みこませてあった。ジョンは嗚咽し、洟をすすり、正直そうな赤ら顔を涙が伝い落ちた。彼は何度かしゃべろうとしたが、タマネギのせいで言葉にならなかった。

「大丈夫、大丈夫」アガサは慰め、彼を椅子にすわらせるとハンカチを取り上げた。またマイクの前に戻ると彼女は叫んだ。「ジョンに声援をお願いします！」声援は耳を聾（ろう）するばかりだった。アガサが横手に控えていた村のバンドに合図すると、愛国歌

〈エルサレム〉、続いて〈希望と栄光の国〉を演奏しはじめた。

ジェームズは皮肉っぽい目つきで成り行きを眺めていた。強引だったが見事な手腕だった。アガサはボーイスカウトに列のあいだを行ったり来たりさせて、寄付金を集める手配もしていた。

アガサは村の公会堂の会合を五時前には終わらせるように段取りをしてあった。そうすれば朝刊の記事に間に合うからだ。彼女はついていた。ＢＢＣの〈ミッドランズ・トゥデイ〉で、七時直前に会合の映像が流れた。

チャールズは女性の友人、テッサ・アンダーソンに書斎でディナー前の飲み物をふるまっていた。というのも、叔母がテレビの音量をめちゃくちゃに上げて客間にいすわっていたからだ。テッサはいい妻になりそうだと、チャールズは思っている。ただし、チャールズは中背だったので、背が高いのはいささか好ましくない点だ。しかし、裕福な離婚女性でとびきり美しく、莫大な資産を持っている。金目当てなわけではない、ただ地所は金食い虫なのだ、と彼は良心に弁解しようとした。

二人はソファに並んですわっていた。チャールズは飲み物を置いて、いよいよキスをする頃合いだと判断した。そのとき、向こうの部屋から聞き間違えようのないアガサ・レーズンの声が響いてきた。

チャールズは勢いよく立ち上がると客間に飛んでいった。キスを期待して目を閉じていたテッサはまた目を開け、部屋を見回して、チャールズはどこに行ってしまったのだろうと不思議に思った。

ビル・ウォンは刑事部屋でテレビを囲んでいる人々に交じり、アガサの演出を眺めていた。コリンズが隣にやって来た。「彼女がＰＲの仕事に戻ったようでよかった。そっちの方が彼女に向いてるもの。ヒューズの警察は彼女を厄介払いできて、せいせいしているでしょうね」

しかし、アガサはヒューズの殺人事件についてもメディアに話していた。殺人事件を解決できるような手がかりをつかめなくて残念だ、ショーン・フィッツパトリックについて情報を知らせてくれれば報奨金を払う、と約束した。ショーンについて何かわかれば、その手がかりはフェリシティへと導いてくれるとアガサは確信していたのだ。

翌朝オフィスに車を走らせていたとき、アガサはヒューズの件ではもうやれることはやった、と感じた。

その後二日間は通常業務に戻り、行方不明のティーンエイジャー、猫、犬を捜し、不誠実な恋人や配偶者を尾行することに没頭した。ミセス・フリードマンが、新しい探偵を雇うための面接を翌日に設定した、と報告してきた。

「トニみたいな人が来るわけないわよね」アガサは嘆いた。「なんて馬鹿だったのかしら！」

「どうしてですか？」ミセス・フリードマンは興味しんしんでたずねた。

だが、トニに自分の探偵事務所を開くように勧めたのは嫉妬のせいだとは、言えるわけがなかった。

彼女は翌日に面接を始めた。候補者たちはたいてい若く、ろくに教養がなく、仕事に関して妙な思い込みをしていた。ミセス・フリードマンは家に帰ってしまったので、アガサが戸締まりをしようかと考えていると、トニが入ってきた。

「まあ、あなただったの！」アガサは叫んだ。「一瞬、面接したあとで戻ってきたまぬけの一人かと思って、ぞっとしたわ」

「このまぬけは、また仕事がほしいと思っているんです」トニは低い声で言った。

「すわって。何があったの？　ハリーとけんかでもしたの？」

「それよりも悪いんです。ベティ・タレント、帳簿を担当していた数字の天才が、銀行口座をほぼ空っぽにして行方をくらましたんです」

「警察には連絡した？」

「ええ、ビルに相談しました」

「彼女はどうしてそんな真似をしたのかしら？」

「ベティはものすごく競争心が強いみたいなんです。すべての請求書の支払いや帳簿つけは彼女に任せていました。オフィスの必需品用の小切手帳、小口現金、そういうものはすべて彼女が管理していたんです」

「大金だったの？」

「ハリーがもともと伯父さんの遺産のうち二十五万ポンドを初期投資として出してくれ、高価な備品やスタッフの給料なんかにあてたんです。でも、どうにか儲けが出るようになっていました。口座には二十万ポンド以上残っていました。彼女は自宅にいませんでした。行方をくらましたんです。姿を消したんです」一筋の涙がトニの頰を伝った。

「ハリーはどこにいるの？」

「ケンブリッジ大学に戻って研究を再開したいと言ってます。いまさらあなたに頼むのは気が引けたんですけど、広告を見たものですから」

「もちろん、仕事に復帰してちょうだい。歓迎よ」

「ベティを信じていたんです」トニは悲痛な声を出した。

「一杯やりに行って、どうしたらいいか考えましょう。お金だけなの？　彼女はオフィスから他にも何か盗んでいった？」

「カメラ二台と望遠レンズを」

「ひどい女ね。行きましょう」

〈ジョージ〉で、アガサは飲み物をバーからとってくると、ノートとペンを大きなバッグから取り出した。「さてと、オフィスは借りていたのね？」

「ええ、賃料は払ってあります、ああ、気づくべきでした。二カ月前に不動産屋から電話があって、家賃を滞納していると言われたんです。ベティは真っ赤になったけど、すぐに行って払ってくると言った。そのときに、何かおかしいと気づくべきだった」

「じゃ、オフィスの備品やコンピューターとかは？」

「まだあります」

「それを売って、あなたには大きな事件を担当してもらい、解決した分についてお金を支払うってことはできるわ」

チャールズが入ってきて二人に合流した。「外にあなたの車があったから」彼は楽しそうに言った。

「自分の分は自分で払ってね」アガサはそっけなかった。ヒューズから逃げたことで、まだチャールズを許していなかったのだ。

チャールズはラガーの半パイントを手にすぐに戻ってきた。「何があったんだい？トニ、泣いていたみたいに見えるけど」

悲しげな消え入りそうな声で、トニは起きたことを話した。

彼女が話し終えると、アガサは仕立てのいい服を着たチャールズをじろっと眺めた。

「あなた、しょっちゅううちに泊まってるわよね、チャールズ？」

「そうだね」

「うちの食べ物も食べてるでしょ？」

「電子レンジ調理のカレーを食べ物と呼ぶなら、そうだな」

「じゃあ、わたしに借りがあるわ」アガサのクマみたいな目が彼の顔をじっと見つめた。

「おいおい、アギー、セックスしたいなら、ただそう言えばいいんだよ」

「ふざけないで。わたしには仕事がどっさりあり、トニもそうなの。おまけに、村のパブの営業が続くように見届けなくちゃいけないのよ」

「テレビで見たよ。熱弁をふるっていたね――」

「ベティ・タレントを見つけたいの」

「だけど、トニは警察に頼んだんだろ」

「どうせたいしたことはしてくれないわよ。ああ、あなた、写真を持っている？」

トニはフォルダーを取り出した。「残りはビルに渡しました」

ベティ・タレントは血色が悪く、濃い茶色の髪をひっつめにし、どう見ても不器量な女の子だった。

「最善を尽くすよ」チャールズは言った。「住所を教えてくれ。まずそこに行ってみる」

しかしまっすぐベティ・タレントの家には行かず、チャールズは翌朝まで待ってジェームズ・レイシーに会いに行った。

ジェームズが出迎えると、チャールズはベティが金を横領したいきさつを話してから、アガサにベティ・タレント捜しを無理やり押しつけられたと説明した。

「ノーと言えばよかったのに」ジェームズは意見を言った。

「アガサに？　冗談だろう。ともあれ、それでここに来たんだ」

「よくわからないが――」

「きみは錠前を開けられるよね？」

「ああ、だが――」

「じゃあ、ジャケットを着て。ベティの部屋に押し入るんだ」


大聖堂の裏手にある狭い中世の通り、ベリーズ・ウィンドの食料品店の二階に彼女の部屋はあった。

「通りのドアが閉まっていたら、真っ昼間に錠前を開けるわけにはいかないよ」ジェームズは釘を刺した。

「まあ、試してみるまでだ」チャールズは言った。「さあ行こう」

二人は通りを渡った。チャールズは通りのドアの取っ手を回した。勢いよく開いた。

「ほらね。弱気では絶対に押し込みを成功させられないんだ」

「二部屋以上あったらどうする？」ジェームズが小声でたずねた。

「ちっぽけなパキスタン人の食料品店だぞ」チャールズが階段を上がりながらいらだたしげにささやいた。「見ろ！　ひと部屋だ。まずノックしてみよう」

彼は大きくノックした。

「ブザーがある」ジェームズが言った。

チャールズはそれを押した。誰も出てこない。

「OK」チャールズは言った。「仕事にとりかかってくれ」

ジェームズは合鍵の束を取り出した。「きみがそれを持っていることを思い出したんだ。どこで手に入れたんだ？」チャールズがたずねた。

「かなり前に、ある人からひきとったんだ」

「いつもこんなに時間がかかるのか？」十分後、チャールズが文句をつけた。

「黙っててくれ。これは映画じゃないんだし、ふたつも錠がついているんだぞ。まず食料品店で訊くべきだったかもしれない。きっと店がこの部屋の所有者だ。すでにもう誰かに貸しているかもしれないぞ。ああ、開いた」ドアが開いた。

二人はちっぽけなバスルームとカーテンで仕切られた狭いキッチンがついた、二部屋のフラットに入っていった。チャールズは寝室を探し、ジェームズはリビングの捜索にとりかかった。

「服はまだタンスに入ったままだ」チャールズが言った。「しかも実に野暮ったい」

「バスルームにはヘアカラーがある」ジェームズは叫んだ。「どうやらブロンドに染めたみたいだ」

チャールズが戻ってきた。「服以外には何も残していない。個人的な書類もパスポートもない」

「それにバスルームには歯ブラシもなかった」とジェームズ。

チャールズはキッチンの窓から裏手の一角をのぞいた。

「ゴミがまだ収集されていなくてよかった。あそこにゴミがある。ゴミ漁りをやってみないか？　どこに行ったのか手がかりがつかめるかもしれない」

「あそこにどうやって行くんだ？」ジェームズはたずねた。

「店の横に小道があった」

「店の裏から誰かが出てきて、何をしているのかととがめられたら？」

「大丈夫だ。なぜってこれから店に行って、どうしてゴミを漁るのかを説明し、どれがベティのゴミかもたずねるからだよ」

カウンターの向こうのサリーを着た大柄な女は、ベティが泥棒だと説明すると、ぞっとしたように両手を持ち上げた。それから少年を呼んで、二人をミス・タレントがゴミを置いている場所まで案内するように言いつけた。

「さてと」チャールズが言った。「このリサイクルシステムはいいね。生ゴミ用の小さな緑の容器の中は見たくないからな。あの大きなグレーの紙用容器の方を調べよう」

ジェームズは蓋を開けた。「あまりないな。ひっくり返して、中身を調べた方がよさそうだ」

「ショップバッグだ」ジェームズが勝ち誇ったように言った。「これを見ろ。ヴィクトリアズ・シークレット、ゴースト、それにアルマーニも」

「それから、わたしが見つけたこいつを見てくれ」チャールズがパンフレットを掲げた。「〈サザンクロス〉号でのクルーズだ。カリブ諸島に行く船だな。ちょっと待て。明日の朝出航だぞ。乗客は今夜乗船する。絶対に彼女がいるぞ、気の毒なハリーの金でブロンドに染め、すっかり着飾って。行こう」

「警察に伝えて逮捕してもらう方が楽じゃないか？」ジェームズが訊いた。

「追跡のスリルが味わえないだろう？　まず彼女を発見してから警察に電話すればいい。行くぞ。アギーのためにもそれぐらいしないと」

ベティ・タレントは新しい服を荷ほどきして、一等船室のクロゼットにかけた。服の上等な布地をなでながら、大部分のお金がなくなっていると気づいたときのトニのショックを想像して、口元をゆるめた。学校時代、トニはいちばんかわいくて、人気のある女の子で、ずっとうらやましく思っていたからだ。

自分の新しい外見を鏡で点検し、ブロンドの髪をなでつけた。震え、怯えていたベティ・タレントはもういない。生まれ変わった気がした。キャビンのドアがノックされた。彼女は微笑んだ。たぶんあのハンサムなパーサーが様子を見に来てくれたのだろう。

ベティはキャビンのドアを開けた。歓迎の笑みはじょじょに消えていった。船長がそこに立っていた。背後には二人の警官、そしてその後ろには二人の男性。その一人はチャールズ・フレイスだとわかった。トニが探偵事務所のオープニングパーティーを開いたとき、チャールズはアガサをエスコートしてきたのだ。ジェームズ・レイシーの顔にも見覚えがあった。ジェームズはトニやオフィスのメンバーたちを婚約パーティーに招待したからだ。しかし、ベティは結婚式には招待されなかった。他人のパスポートを盗めばよかった、とベティは動揺しながら考えていた。

船長が彼女の名前を確認すると、警官が窃盗の容疑でベティを告発した。彼女の楽しい夢はガラガラと崩れ去った。

チャールズがアガサにいいニュースを伝える役になった。彼女はジェームズと話したいと言ったが、チャールズが携帯を差しだすと、ジェームズはつぶやいた。「あとで話すよ」

「どうしたんだ？」チャールズはたずねた。「言葉を交わしたっていいだろうに」

「わからない。ただ、殺人犯を見つけてほしいと願っているだけだ。わたしが警察に疑われているのはまちがいないからな。また旅に出る予定だったんだが、ミルセスター警察にたずねると、ヒューズ警察に連絡をとったらしく、許可を与えるまでは国外に出てはいけないと言われたよ」

チャールズはテッサのことをちらっと思った。このまま求婚を続けるべきだろうか？　しかし、そもそも迷っているという事実がそれを躊躇させた。

「そうだ、二人でヒューズに行き、ちょっと調べてみないか？　ただすわって待っているよりもずっといいよ」

「警察に発見できないことを見つけられるとは思わないが」

「ほう、本気で言ってるのかい？　だが、ベティを発見したぞ。警察が彼女のゴミを調べていたら、同じ手がかりを発見していただろうが、調べもしなかった。さらに、もうひとつ——警察は彼女の部屋に行ってもいなかったんだ。さもなければ、パキスタン人はあんなに驚かなかっただろう。警察は政府の達成目標をどっさり抱えているから、この事件は放りだして、もっと簡単に逮捕できる案件にとりかかっていたのかもしれない。スピード違反の取り締まりとかね」

その夜、ビル・ウォンはいい知らせを受けてすぐに、アガサとトニに合流した。二人は〈ジョージ〉でディナーをとると伝言を残しておいたのだ。警察署のある広場の向かいのパブだ。しかし、ビルがやって来たときには、すでに食事を終えていた。

「ベティを見つけたのは見事でしたね」ビルは言った。「すみません。もっと早く来られなくて。もちろん、彼女のゴミを調べなかったということで、みんなお互いに責任をなすりつけあっています。コリンズ部長刑事がその事件の担当のはずだったんですけど、彼女はあなたたち二人が大嫌いなので、ろくに仕事をしなかったんですよ。船長はベティがクルーズに払ったお金を返してくれるし、十五万ポンドが荷物から発見されましたよ、行方不明のカメラといっしょに」彼はトニに微笑みかけた。「だから、きみはまた自分の探偵事務所をやっていけそうだね」

「残念ながらだめなんです。その知らせを聞いてすぐにハリーに電話したんだけど、彼はお金を取り戻せても大学に戻ると決めたんですって。あたし一人じゃ経営していけない。シャロン・ゴールドが仕事を失うのは申し訳なく思うけど」

「毎週髪の色を変えて、おへそのピアスをいつも見せている子？」

「そう、その子です」トニは言った。

「あら、彼女なら使えるわよ」アガサは太っ腹な気持ちになっていた。「クラブやパブを回っても探偵らしく見えない人が必要だから」アガサはトニを取り戻せてご機嫌だった。

トニがシャロンにいい知らせを電話しているあいだにアガサはビルにたずねた。

「ヒューズ警察から何か聞いてる？」

「ぼくには何も話そうとしないんです」

「パトリックに電話してみるわ。たぶん何か探りだしているはずよ」

アガサはパトリックに電話して、熱心に耳を傾けた。電話を切ると報告した。

「ショーン・フィッツパトリックの本名はジミー・ドネルで、かつてアイルランド共和軍だったけど、二年前に英国諜報部の内通者になったの。だからヒューズ警察は彼の殺害はフェリシティの事件とはまったく関係ないと判断したのよ」

アガサはぎゅっと顔をしかめた。「まるで納得がいかないわ。船のことよ！　フェリシティは赤ん坊のときにイギリスにこっそり運ばれた。その件で、ジョージ・ブロスは有罪になったのかしら？」

「それはないでしょう」ビルが言った。「ジョージはフリーメイソンだし、警察の慈善事業に気前よく寄付してますからね」

「だけど、考えてみて！　屋敷じゅうをあれほど厳重に警備しているのよ！　たぶんドラッグとか武器とかを密輸しているんじゃない？」

アガサはもう一度パトリックに電話した。

「ショーンとジョージは船を徹底的に調べられたけど、何も出てこなかった。それにあのジェリーっていう犬の世話係は犯罪歴すらなかったわ」

「報奨金を出すとメディアに言っていると聞きましたが」

「それで何か出てくるんじゃないかと思ったの」

「アガサ」ビルが厳しく言った。「今は手に余るほどの仕事を抱えているんでしょう？　自分ばかりかトニが担当している案件も片付けなくちゃならないんですよ。あとは警察に仕事を任せてください」

「ふん、冗談でしょ」
「本気です。もう首を突っ込まないでください」

その後六週間、アガサはありったけのエネルギーを探偵事務所の仕事に注ぎこんだ。シャロンは頭が切れて意欲的だとわかったが、アガサはその外見になかなか慣れなかった。ぽっちゃりしているのに、シャロンはぴっちりしたジーンズとチューブトップを好んだ。豊かな髪は最近は金色の筋が入った黒に染められていた。

隣家のジェームズは留守だった。旅行をする許可を得られたのだ。ジェームズがいないと、チャールズは何かを調べることにもはや興味を失ったようだ。ベティを見つけるのにひと役買ったことで満足したのか、怠惰に過ごしていた。

今週末、トニはシャロンとロックコンサートに行く予定だった。ミセス・ブロクスビーは教区のあれこれで多忙だったので、いっしょに過ごしてほしいとは言いづらかった。パブに行けば大歓迎されるにちがいない。気前のいい寄付と地元の建築業者や大工の無料奉仕のおかげで、新しい喫煙場所が外に設けられたのだ。アガサは孤独な週末を過ごしたくなかったが、一人ではパブに行きたくなかった。

だからロイ・シルバーから週末に遊びに行きたいという電話がかかってきたのは大

歓迎だった。

ロイは温かく迎えられてうれしかったものの、フェリシティの殺人事件の調査がまるで進展していないことに驚いた。「うわあ、これはあなたにとって、初めての未解決事件になるかもしれませんね」

「それは言わないで」アガサは言った。「でもコッツウォルズのどこかで起きたのなら、もっと幸運に恵まれていたはずよ。ダウンボーイズに戻ったら、わたしの姿を目にしただけでヒューズ警察が腹を立てそうなの」

電話が鳴った。アガサは受話器をとりに行った。シルヴァンかもしれないと期待していた。彼が女たらしだということは忘れてしまっていたし、また電話をくれるかもしれない、という期待を心の奥でずっと抱いていたのだ。

しかし、電話をかけてきたのはバート・トリンプだった。「おれを覚えてる？」彼はたずねた。

「ええ、もちろん。ダウンボーイズのガソリンスタンドで働いていたでしょ」

「報奨金のことが新聞に出てたから」

「ええ、そうだったわね」アガサは慎重に答えた。

「いくらだい？」

「価値がある情報なら、五千」

沈黙が落ちた。それからバートは言った。「こっちに会いに来てもらった方がいいかも。おれの船に。船に住んでいるんだ。〈サザン・フライヤー〉って名前だ。ヒューズの波止場に係留している古い漁船だよ」

「ええと、明日は土曜ね。お昼頃にそっちに着けるわ。どうやって船を見つけたらいいの？」

「あの男が殺された船はわかる？」

「忘れられっこないわ」

「そこから右に五つ目の船だ。古い漁船だよ」彼は繰り返した。

「そこで落ち合いましょう」アガサは言った。

彼女はロイに報告した。「パトリックやフィルの手は借りたくないの。だって、何も出てこないかもしれないでしょ。だけど、明日、お天気はとてもよさそうね。いっしょに来ない？」

ロイは心配そうだった。「船遊びの服を何も持ってこなかったんですけど」

「そんなこと考える必要ないわ。どんな服だって大丈夫よ」

6

まばゆい陽光を浴びながら、二人はコッツウォルズを出発した。カースリーから延びる道には両側に緑のトンネルが続き、金色の日の光が木々に降り注いでいる。しかし、ぐんぐん走っていくにつれ、灰色の雲が地平線に湧きだし、まもなく雨がフロントウィンドウを濡らしはじめた。

「こんな悪天候向けの服じゃないのに」ロイは嘆いた。彼は大きなスーツケースからストライプのフランスの漁師風セーターを引っ張り出し、着てきたのだ。

「コートを持ってきたでしょ。他の荷物といっしょにトランクに入ってるわ」アガサは安心させた。「凍え死ぬことはないわよ」

ヒューズの港に近づくにつれ、空が晴れてきたのでほっと胸をなでおろした。

「川だ！」ロイが叫んだ。「海に行くのかと思ってました」

「川から海につながっているのよ。降りてバートの船を探しましょう。古い漁船らし

いわ」

「ぼくには無理です」ロイはトランクからコートを取り出しながら言った。「帆があるからヨットだ、ぐらいしか船のちがいなんてわからないんですから。もしかしたら、彼は死んでいるかも」

「なんでまたそんなことを？」

「だって、小説や映画だと決まってそうですから。誰かが『殺人者の名前は……ううう』って必ず殺されるんです」

「そんなの信じない。さあ、探しましょ」警察ではないのでいつも捜査情報なしで調べなくてはならない。それが、実にいらだたしかった。

「あれにちがいないわ」アガサは言った。「いちばんみすぼらしいし、たしかに小さな漁船に見えるし。ああ、名前も見分けられた。〈サザン・フライヤー〉よ」

デッキと操舵室には人影がなかった。「船に上がってみた方がよさそうね」アガサは言った。

二人はデッキに上がり、大声で叫んだ。「バート！　バート！」カモメがからかうように頭上を飛んでいった。

「風で声がかき消されちゃう」アガサは言った。「キャビンに下りてみましょう」

「どうしても？」ロイが泣き言を並べた。

「すでに船酔いになりかけてます」

「じゃあ、あなたはそこにいて。わたしが下りていく」

しかしキャビンのドアはしっかり施錠されていた。彼女はデッキに戻ってきた。

「誰もいなかった。お昼頃に会えると言っただけだし、ちょうど正午ね。車に戻って待ちましょう。彼が船に戻るにはわたしたちの前を通るはずよ」

二人はさんざん待った。そのあいだに強くなった風が車を揺さぶり、空は暗くなっていった。ふいに滝のような雨が降りだした。アガサはワイパーのスイッチを入れ、見張り続けた。とうとう驟雨は止み、太陽がまた顔をのぞかせた。

「ここで待っていて」アガサは言った。「港のオフィスをのぞいてくる」

しかしオフィスは閉まっていた。アガサは係留された船の列の前を行ったり来たりしていたが、とうとう甲板で作業をしている男性を見つけた。

彼女は呼びかけた。「バート・トリンプを見なかった？」

「あそこに彼の船があるよ。〈サザン・フライヤー〉だ」彼は叫び返した。

「船にいないの」

「じゃあ、ダウンボーイズの父親のガソリンスタンドをあたってみな。道順はわかるかい？」

「道は知ってるわ」

「おなかがぺこぺこです」アガサが車に戻ると、ロイが訴えた。

「わたしもよ。ねえ、あそこにカフェがある。サンドウィッチとコーヒーでも食べたら、ダウンボーイズに向かいましょう」


「白パンのありふれたサンドウィッチはどうしちゃったんだろう？」ランチのあとでアガサがダウンボーイズめざして車を走らせていると、ロイが愚痴った。「最近は苦い麦芽の味がする茶色のパンばかりだ。おまけに何もかもにマヨネーズが塗られ、どれもラップに包んである。今じゃもう誰も本物のサンドウィッチを作らないのかな。それにあのハムときたら！　ツルツル、テカテカして、顔を映せそうだった」

「今夜はおいしいディナーをごちそうするわ。さあ、ダウンボーイズよ。ここがガソリンスタンドだけど……信じられる？　土曜は休みだわ。なんてイギリスらしいの？国内のビジネスの半分は海外に外注されているのも不思議じゃないわね」

アガサはガソリンスタンドの隣の平屋建ての家に歩いていき、ベルを鳴らした。

「ねえ、アギー」ロイが彼女の腕をつかんだ。「たった今、子鹿を見たんです」

「このあたりには大人の鹿もいるかもしれないわね」

「いえ、人間ですけど――」

ドアが開いたのでロイは言葉を切った。背の低いがっちりした男が立っていた。険しい顔つきで、小さな灰色の目ともじゃもじゃの灰色の髪をしている。

「ミスター・トリンプ？」アガサが声をかけた。

「おまえは？」

「わたしはアガサ・レーズンで、こちらはロイ・シルバー。息子さんとお昼に船で会うことになっていたんですけど、見つけられなかったので」

「息子の居場所はわからない。あのろくでもないボロ船に住んでるから、あっちに行ってくれ」

「そうしたんですが、船にいなかったんです」

「役に立てんね」

「ミスター・トリンプ、入ってもよろしいですか？」

「だめだ」

「わたしは私立探偵なんです。ショーン・フィッツパトリックと名乗っていた男の死について、情報があれば報奨金を出すと言ったんです」

「あんたのこと思い出したよ。フェリシティと結婚することになってた男の元女房だろ。バートは悪ふざけをしたのさ。やつは何も知らないよ」

「どうして言い切れるんですか？」

「おれは息子を知ってるし、あいつは豚のケツみたいに鈍いからな！」ミスター・トリンプは鼻先でドアをぴしゃりと閉めた。

「さて、どうしよう？」アガサは憂鬱そうに言った。「どうしてそんなふうに見ているの？」

「あいつがこっちを見ています。子鹿そっくりなやつなんです。いや、古い絵の牧羊神に似ているかも」

「白いものがわずかに交じった金髪、重たげなまぶた、ほっそりした体形？」

「そのとおりです」

「それなら、まちがいなくシルヴァン・デュボアね。あなたも結婚式で会っているはずよ。彼みたいな人なら気づかないわけがないわ。どうしてこっちまで来て話しかけてこないのかしら？　ねえ、ロイ、あまり気は進まないけど、警察に行ってバートの電話について報告した方がいいかもしれない。彼は船で死んでいるかもしれないから」

長いあいだ警察署で待たされ、ようやく呼ばれてファルコン部長刑事と会った。アガサがバートの電話について説明するあいだ、ファルコンは注意深く耳を傾けていた。彼女が話し終えると、彼は言った。「われわれに問題を預けて帰っていただいてけっこうですよ、ミセス・レーズン」

「いえ、まさか、とんでもない！」アガサは反論した。「わたしがいなかったら、その情報を耳にすることは絶対になかったでしょ。いっしょに行きます」

嵐が来そうな空模様のもと、港に戻った。係留されている船もヨットも、上下に揺れている。

「お二人はここで待っていてください」ファルコンが命じた。彼と警官が船に上がった。ファルコンがまもなく戻ってきた。「青年の父親に鍵を持ってこっちに来させましょう」

港のオフィスの男がぶらぶらと歩いてきた。「何があったんだね？」

「バート・トリンプに何か起きたのではないかと考えています、ミスター・ジャドソン」ファルコンが言った。「彼から鍵を預かっていますか？」

「ああ、預かってるよ。オフィスの釘にかけてある」

「あの怠け者がパブにしけこんでいるあいだに、誰でもとっていける場所だ」ファルコンはつぶやいた。

ジャドソンが鍵束を持って戻ってくるまで、全員がいらいらしながら待っていた。ファルコンは鍵を受けとると、警官を従えてまた船に戻っていった。アガサはコートの襟元をぎゅっとかき合わせた。

「シルヴァンが来た」ロイが言った。

アガサが埠頭の先に目を向けると、シルヴァンがこちらに歩いてくるところだった。彼はアガサのところまで来ると両方の頬にキスし、それから楽しげにたずねた。「また死体かな？」

「バートの居場所を知っている？」アガサはたずねた。

彼は肩をすくめ、両手を広げた。

「ガソリンスタンドにいたでしょ」アガサは続けた。「どうして話しかけてこなかったの？」

「いろいろやることがあってね」物憂げに答えた。「行くところもあったし。どうしてバートを捜しているんだ？　それで警察が来ているんだろうね」

「ショーンの殺人事件について情報があるって言ってきたの」

「だが、本名は何だか知らないが、そのショーンってやつはＩＲＡに殺されたってことで決着がついたんじゃないのか？」

「でも、その証拠はどこにあるの？」アガサは怒って追及した。腹を立てたのは、今のキスに舞い上がった自分にだった。

「ぼくにはわからないな」とシルヴァン。「だが、警察はそう確信しているようだよ」彼はロイの方に雄弁な眉を釣り上げてみせた。

「こちらは友人のロイ・シルバー。ロイ、シルヴァン・デュボアよ」

「お会いできて光栄です」ロイは笑いをこらえながら言った。

「お二人とも、今夜、ディナーをいっしょにどうかな？」シルヴァンがたずねた。

「泊まるつもりはないから……」アガサが言いかけると、ロイが口をはさんだ。「それはいいですね。だってアギー、バートがどうなったのか知らないままで帰るわけにいきませんよ」

「わかったわ」アガサは言った。「どこで？」

「〈チャイナ・ドリームズ〉という、とてもおいしい広東料理レストランがメイン・ストリートにあるんだ。八時でどうかな？」

彼は背中を向けかけた。「警察が何を発見するのか待っていないの？」アガサはたずねた。

「見つけていたら、今頃あたふたしているだろう。じゃ、また！」

ようやくファルコンがまた姿を見せた。「彼の姿はなかった」ファルコンはアガサに叫んだ。「たぶん、あなたをからかったんでしょう。しかし、捜索は続けます」

「これから、どうしますか？」ロイがたずねた。

「〈マークス＆スペンサー〉を見つけたいわ。下着と寝間着を買いたいの。今夜は泊まった方がいいでしょ」

〈ジョリー・ファーマー〉に部屋を予約してしまうと、二人は買い物をした。アガサは言った。「夜までまだ時間があるわね。ブロス家の地所のはずれの川を見ておきたいわ。バートはそっちの船で作業をしているのかもしれない」

「港まで戻って、川を下って連れていってくれる人を探しましょう」ロイが提案した。しかしジャドソンは手が空いている人は知らないと言った。二人はどこに行きたいかは言わず、ただ、少し川下りをしたいとだけ話しておいた。

「小型ヨットなら貸せるよ」ジャドソンは言いだした。「だが、操縦の方法を知らないだろうね」

ロイは川面に目をやった。太陽が輝き、風は止んでいる。実は一度レッスンを受けただけだったが、アガサにはいつも弱虫だと思われていたので感心させたかった。

「小型ヨットなら操縦できますよ」彼は力をこめた。

「本当に？」アガサは不安そうだった。

「ああ、大丈夫ですって」


ロイが帆を上げ、ヨットがなめらかに水面を滑りはじめると、アガサは感心した。ロイは川をジグザグに進みながら、誇らしさでいっぱいだった。

そのときいきなり風が強くなり、ヨットが危険なほど傾いたのでアガサは悲鳴をあげた。

「どうにかして！」アガサは叫んだ。「お尻が濡れたわ」

ロイはあわてて帆を下げたが、船は強い流れにとらえられ、恐ろしいほどの速度で運ばれはじめた。川を下って海へ流されるかもしれないと背筋が凍りついたとき、ブロス家の敷地のすぐ先にある岬に群生する柳に突っ込んでいった。二人は枝につかまり、しがみついた。

ロイは枝を使って岸辺に飛び降りると、ヨットをつないだ。それから震えているアガサが岸に下りるのに手を貸した。二人とも岸辺の泥だらけの草地にすわりこんだ。

アガサの顔は青ざめていた。「なんてお馬鹿さんなの。操縦の仕方を知っているって言ったくせに」

ロイは身震いした。「ねえ、あのジャドソンは危険だって知っていたにちがいないですよ。彼なら川の流れのことをよく知っているはずだ。ヨットは土手に引き揚げておきます。彼が回収できるように。あの柳の枝が水面近くまで垂れ下がっていなかったら、ヤバいことになっていたかもしれない。宿に戻りましょう。凍えそうです」

アガサはすでに落ち着きを取り戻していた。携帯電話で番号案内にかけ、ジャドソンの番号を教えてもらうとダイヤルした。危険な目に遭わせたと、アガサは彼を非難した。そっちが無能なせいだと怒鳴り返してきたので、アガサは警察に行くと脅した。

彼は川を下ってきてヨットを回収し、二人を連れ帰ると譲歩した。だがアガサがこう言ったので、ロイは心が沈んだ。「帰り道ぐらい自分で見つけられるわ」

「どうしてなんですか？」ロイはみじめにたずねた。

「流されていたとき、木立の隙間からブロス家の屋敷が見えたの。川の土手沿いに歩いていったら、ブロス家の船にたどり着く。バートはそこにいるかもしれないわ。彼がいなくても、敷地を回って村に出て、タクシーを呼べるわよ」

二人は低く垂れこめてきた空の下で、ぬかるんだ岸辺を歩きはじめた。岬を回りこむと屋敷の正面の川に出たが、船は係留されていなかった。「最低最悪！」アガサは罵った。短い木製の桟橋があったので、そのはずれまで歩いていき、川を見回した。

「ねえ、もう行きましょう。ここから出ましょうよ」ロイが哀れっぽい声で言った。

きびすを返しかけたとき、アガサは桟橋の下の水中で何かが動くのに気づき、のぞきこんだ。川の流れの中に、何か白いものが浮かんでいる。

「ロイ」アガサは震え声で叫んだ。「ここに何かあるみたい」

ロイは駆けてきて、桟橋に膝をついた。水はぐるぐる渦巻いていたが、ふと流れが静止した。「顔だ。アギー、そこに死体がある」

アガサは携帯電話を取り出し、警察に連絡した。

あたりが暗くなった頃、ようやくバート・トリンプが川から引き揚げられた。とてつもなく長い一日に感じられた。ハロゲンランプが設置され、犯罪現場チームのメンバーたちが、白い作業着姿で幽霊のように光の中を動き回っている。死体が水から引き揚げられると、たぶんバートの死体だと思うが確信はできない、とアガサは言った。一度しか会っていないし、川に浸かっていたせいで顔がふくれていたので自信がなかった。何者かに後頭部を強く殴られ、ポケットに石を詰められ、桟橋から投げ込まれていた。バートの父親が発見現場に呼んでこられた。しゃがれた声で息子だと確認し、おいおい泣きだした。ブロス＝ティルキントン夫妻は海外にいる、とファルコンは言った。彼らはバルセロナで休暇を過ごしていた。

それからアガサとロイは警察署に連れていかれ、聴取が始まった。ボースとファルコンは、アガサが死体をいくつも発見していることが実に怪しい、と感じているようだった。

夜の十一時にようやく解放された。「おなかがぺこぺこだ」ロイがべそをかいた。

「チャイニーズ・レストランはまだ開いてるよ」聞き慣れた声が背後で言った。

「ここで何をしていたの、シルヴァン？」アガサはたずねた。

「ぼくは第一容疑者だからね。今はジョージの家で留守番しているし、死体は彼の敷地の桟橋の下で発見された。警察にパスポートをとられたよ。さ、食事に行こう」

「着替えをしないと」アガサは言った。彼女は下着だけではなくセーターとパンツも〈マークス＆スペンサー〉で買っていた。

「着替えなんていいですよ」ロイが泣き声をだした。「とにかくおなかが減って死にそうです」

「レストランは通りのすぐ先なんだ」シルヴァンが言った。

レストランのスタッフはシルヴァンのことをとてもよく知っているようだった。飛んできて彼を出迎えた。

「ぼくが注文をしようか？」シルヴァンがたずねた。

料理を選ばせてくれない男性によく当たるみたいね、とアガサはがっかりしたが、疲れていて反論する気力がなかった。「お願い」

シルヴァンはさまざまな有名人についてちょっとした、ただし、かなりどぎついゴシップを次々に披露した。たっぷりとワインを注いでもらい、アガサはようやくリラックスしてきた。少し酔っても問題ないだろうと思った。そうすればバートの死に顔の悪夢にうなされずにぐっすり眠れるだろう。

シルヴァンは魅力的で人を惹きつけたが、アガサは探偵の仕事を忘れていなかったので、とうとうたずねた。「誰がバートを殺したと思う？」

「見当もつかないな」

「訊くのを忘れていたわ。ジョージとオリヴィアは正確に言うと、いつ出発したの？」

「きのうだ」

「じゃあ、ジョージがバートを殺した可能性もあるわ！」

「まさか。バートがショーンについて情報を握っていたのなら、アイルランド人が彼も亡き者にしようとする理由にはなるだろうがね。ショーンは本土で活動しているIRAの下部組織の情報を持っていたのかもしれない」

「だけど、IRA暫定派は平和的になったのかと思ってました」ロイが反論した。

「あら、そうかしら？」アガサが皮肉っぽく言った。「その言葉をオマーの人たちに言ってごらんなさい」

シルヴァンはアガサの疲れた顔を見て、同情をこめて言った。「もう帰ってぐっすり眠った方がいいんじゃないか？　朝、何時に警察に来いと言われた？　ぼくは九時に行かなくちゃならない」

「ぼくたちも同じ時間です」ロイがうんざりしたように答えた。

「じゃあ、警察署でまた会おう」

レストランから出るときに、アガサは戸口で立ち止まった。

「お勘定を払わなかった！」

「町に来ているときはツケ払いにしているんだ。心配いらない。それに、ぼくがご招待したんだよ、覚えてるかい？」

「じゃあ、ごちそうさまでした」ロイが急いで言った。

シルヴァンは二人といっしょに〈ジョリー・ファーマー〉まで歩いていき、入り口でアガサをわきに連れていくときつく抱きしめ、やさしく両方の頰にキスした。

「じゃ、また明日」

アガサはぼうっとしながら部屋に上がっていった。彼は本当にわたしに気があるのかしら？

しかし、ロイにおやすみと言い、部屋に行ってバスルームの鏡を見たとたん、ショックのあまり小さな悲鳴をもらした。目の下には濃いクマができ、髪の毛はくしゃくしゃだった。さっきの雨でメイクもほぼ流れ落ちている。

二十年ぐらい時計を巻き戻せたらいいのに、と思った。シャワーを浴び、寝間着を着ると、疲れきって眠りに落ちていった。


朝の七時にドアをたたくロイに起こされた。一日じゅう警察に引き留められるかもしれないから朝食をとった方がいい、とロイは叫んでいた。

アガサは髪をブラッシングしてメイクをするのに時間をかけすぎて、警察署に出発するまでにトースト二枚をコーヒーであわただしく流しこんだだけだった。

今回、聴取をしたのはウォーカー警視だった。農場主みたいな丸い赤ら顔の長身でがっちりした男だ。

彼はボースとファルコンを引き連れていた。アガサが供述を繰り返すあいだ録音テープがシュルシュル回っていた。ようやく供述書にサインをして帰ってもいい、と言われた。ロイはすでに受付の前で待っていた。

「シルヴァンと会った？」アガサはたずねた。

「受付の巡査にたずねてみました。ぼくが解放される直前に帰ったみたいですね」

「彼に電話して、わたしたちと合流するか訊いた方がよさそうね」アガサは携帯電話を取り出した。ダウンボーイズのブロス家に電話したが、留守番電話が応答するだけだった。

「彼にお熱なんですね」ロイがにやっとした。「無理もありませんけど」

「そうじゃないわよ」アガサは否定した。「ゆうべはとても感じがよかったから、ちゃんと質問できなかったの」

「荷造りした方がいいですよ。ぼくは明日には仕事に戻らなくちゃならないんです」

アガサは宿泊代を払い、しぶしぶヒューズを出発した。町を出たところでいきなり車を停めた。

「ゆうべいなかったのは誰？　犬の世話係、ジェリーよ」

「ボスといっしょに休暇に行ったにちがいない」

「じゃあ、誰が犬の世話をしているの?」

「シルヴァンでしょう。アギー、ぼくはカースリーに戻って荷物をとり、モートン゠イン゠マーシュでロンドン行きの列車に乗らなくちゃならないんです。覚えてますか?」

アガサはため息をつくと、また車を発進させた。気の毒なバート、と思った。何があったのか、絶対に探りだすわ。

その後の数週間、不景気に怯えてアガサは仕事に集中した。株は値下がりし、物価は上昇し、ガソリンはとんでもない価格になり、じきに人々は私立探偵を雇うという贅沢をためらうようになるだろう、とアガサは考えたのだ。もちろん、常にせっぱつまった人は存在するし、離婚案件の証拠をほしがる弁護士もいたが、行方不明の猫、犬、ティーンエイジャー捜しといった事務所のおもな収入源になっている案件はじきに減っていくにちがいない。かつての貧困の記憶が甦ってきた。今のアガサはとても裕福だったので、それをどうしても維持したかった。

トニはもう残業をしようとしなかった。たとえ残業代をもらえてもだ。彼女は恋に落ちていたのだ。

トニはミルセスターのビジネスマン、ペリー・スタントンの離婚案件を扱った。彼はミルセスターの産業団地でコンピューター会社を経営していた。ペリーは妻が浮気しているという確かな証拠をつかんでくれたことでトニにとても感謝し、離婚調停が進んでいるあいだにトニをデートに誘うようになった。彼は背が高くてハンサムで、三十代後半だった。トニは始まったばかりの関係をアガサにないしょにしていた。年の差が気に入らないにちがいない、と思ったからだ。

しかし、シャロン・ゴールドには打ち明け、シャロンは「理想の人」だとお墨付きをくれた。ただ、トニはそのことでシャロンが心配していることを知らなかった。シャロンはトニがまだバージンだと知っていたので、親友にとっていちばんいい結果になるように気をもんでいたのだ。

シャロンは、トニが二週間の休暇をとり、ペリーとパリに行くと聞いて、いっそう心配になった。

とうとうシャロンはもう我慢できなくなり、ある土曜にカースリーのアガサのコテージを訪ねた。

アガサはシャロンの外見にはどうしても慣れない、と改めて思った。豊かな髪は燃えるような赤に染められていた。短いショーツとチューブトップからは、ぽっちゃりした体がはみでている。肉付きのいい足にはハイヒール。しかし、シャロンは頭の回転が速く、賢く、若い人々に交じっていても浮かないので、そういう案件では成果を上げていた。

アガサは彼女の話に熱心に耳を傾けた。トニはパリでどのホテルに泊まる予定なのか、とアガサはシャロンにたずねた。シャロンはピンクのプラスチックバッグから小さなメモ帳を取り出して開いた。

「ええと……これだ、読んでみてください」

それは〈オテル・ド・ノートルダム〉で、セーヌ川左岸のメートル・アルベール通りにあった。アガサは眉をひそめた。

「あまり華やかなホテルじゃないみたいね。ジョルジュ・サンクとか、そのクラスのホテルに連れていくのかと思った。わたしに任せてちょうだい」アガサは言った。「何か手を考えてみるわ」

シャロンが帰ってしまうと、アガサはシルヴァンの名刺を見つけだした。たぶんパリにいるだろう。電話すると、懐かしい声が聞こえてきた。

彼女はシルヴァンに状況を説明し、たずねた。「このホテルを知っている?」

「たしかにリーズナブルな値段だが、とてもいいホテルだよ。しかし、彼が裕福なのに彼女を一流のホテルに連れていかないなら、以前にもそういうことをしているんだ。プティ・アミがいるのかもしれない」

「何ですって？」

「愛人だよ」

「何かしてもらえる？」アガサはたずねた。

「もちろんさ。きみのかわいい子は無傷で返すようにするよ」

「バートの殺人については何か聞いている？」

「そろそろ切らないと」


トニは考え直そうかという気になっていた。パリのシャルルドゴール空港でタクシーに乗りこんだときはいい天気だったが、ふいにペリーがはるか年上に感じられた。しかし、バージンならではの不安を感じているだけだ、と自分をなだめた。友人たちは何も悩まずにベッドに出たり入ったりしているのだし、心配する必要なんてない。

タクシーが通り沿いに走っていき、ノートルダム寺院がセーヌ川沿いにそびえているのを見ると、気分が高揚してきた。ホテルに着くと、トニはちょっとショックを受けた。ペリーはとても裕福だと知っていたので、てっきり豪華なホテルだと期待していたのだ。とはいえ〈オテル・ド・ノートルダム〉はとてもフランスっぽい、かわいらしい通りの角にあった。

お母さんという感じのフロントの女性が予約を調べて、眉を釣りあげた。

「でも予約をキャンセルなさいましたよ、ミスター・スタントン」彼女は叫んだ。

「いや、そんなことはしていない」ペリーは熱くなって反論した。「とにかく、別の部屋を用意してくれ」

「お部屋はありません。その部屋はキャンセル直後に埋まりました」

「おい、この馬鹿で能なしの――」

「ムッシュー」女性は完璧な英語で言った。「わたしは馬鹿でも能なしでもありません。いずれにせよ、その部屋はふさわしくなかったでしょう。ダブルベッドですから。もちろん、お嬢さんといっしょのベッドでは寝たくないでしょうからね」

「出よう」ペリーは吐き捨てるように言った。トニはみじめな気分になりかけていた。年の差をこれほど強く感じたことはなかった。「サンジェルマンデプレに別のホテルを知っているんだ」ペリーは言った。彼はぷりぷりしながら、小さなスーツケースをひきずって先に歩きだした。トニはリュックを肩にかけて、あとについていった。

モベール広場にさしかかったとき、子どもを連れた長身の女性が前に立ちはだかった。

「こっちに来ていたのね」彼女は言った。「電話してくれてもよかったのに」

ペリーは彼女を押しのけようとした。

「おまえに会ったことなんて一度もない」彼は叫んだ。

人垣ができはじめた。

「自分の子どもがわからないの？」女性は叫んだ。母親は長身でブロンド、連れている小さな女の子は金色の巻き毛の愛らしい子だった。

女の子は両手を差しのべた。「パパ」

言い合いは続き、ペリーは彼女のことは知らないと叫び、女性は自分を捨てて、娘を父親のいない子にしたと非難した。周りを囲んでいる人々のために、女性はすべてをフランス語で繰り返した。

ペリーはせっぱつまって振り返った。

「聞いてくれ、トニ……」言いかけたが、トニの姿は消えていた。

ペリーは女性に向き直ると、怒りに我を忘れて叫んだ。

「この嘘つきのあばずれ」すると女性はその侮辱を周囲の人々に通訳した。市場の労働者が進み出てくると、ペリーの顎を一発殴りつけた。彼はよろけ、通りにドスンと尻餅をついた。

ようやく立ち上がったときには、女と子どもはタクシーに乗りこみ走り去っていくところだった。

彼はトニを捜して通りを走ったが、どこにも彼女はいなかった。

トニはひんやりしたノートルダム寺院の暗がりで、揺らめくキャンドルに囲まれてすわっていた。しばらくして外に出ると川沿いに歩き、ベンチにすわってアガサに電話した。アガサはペリーのことを初めて聞いたふりをした。

シルヴァンはやりすぎだったんじゃないかとも思ったが、トニが話し終えると、アガサは慰めた。

「あとでわかるより、今わかった方がよかったのよ。空港に行くつもり？　それとも、そのままパリにいたい？」

「家に帰りたいだけです。でも空港はいや。彼が待ち伏せしているかもしれないから」

「じゃあ、パリ北駅に行って、ユーロスターのチケットを買えばいいわ。往復にしたら。その方が安いし、休暇をとれそうな日を選んでおけばいいわ」

「もう二度とパリに来たいとは思わない気がします。じゃ、またすぐに」


アガサはシルヴァンに電話してお礼を言った。

「貸しができたね、アガサ。女優一人と子役一人」

「請求書を送って」

「とんでもない。だが、ディナーにつきあってほしいな」

「いいわよ。どこで？」

「コッツウォルズに行ってみたい。明日の夜はどうかな？　道順を教えてほしい」

アガサはそうした。鼓動が速くなっていた。頭の中の声がささやいている。シルヴァンのことは何も知らないだろ、それに殺人があったときはいつも現場にいた。用心しろ。

だけど、ディナーぐらいで悪いことなんて起きないわよね？

7

翌朝、アガサはミセス・ブロクスビーを訪ねた。牧師の妻はバートの死についてテレビを見て知っていた。

「いったい警察は何をしているのかしらね」牧師の妻は文句を言った。「ブロス＝テイルキントン家の周囲で三件の殺人事件が起きたら、あなたは巻き込まれないわけにいかないでしょ。あのフランス人のお友だちはもちろんのこと」

「フランス人の友人がどうかした？」アガサはぎくりとして訊き返した。

「彼はいつも現場にいるでしょ。そのこと、考えたことがある？　彼がブロス＝テイルキントン家で留守番をしていたときに、バートは情報があるってあなたに連絡してきて、その直後に敷地の桟橋の下で死体となって発見された」

「バートは転落して、頭を何かに打ちつけたのかもしれないわ」

「警察は殺人とみなしているわ。あなたの身の安全のために言うんだけど、ミセス・

レーズン、わたしならあの人たちからは距離をとるわ」

アガサは今夜シルヴァンが訪ねてきたら、カースリーじゅうのレースのカーテンがめくられ、彼が村にやって来たことが知れ渡るだろうと気づき、心が重くなった。

「実を言うとね」できるだけさりげない口調で言った。「今夜、シルヴァンにディナーに誘われているの」

「それって、賢明なこと？」

「彼は魅力的なフランス人だし、絶対に事件に関係していないと思うし、わたし、ずっと楽しい思いをしていないんだもの」

「つまりセックスのこと？」

「ずいぶんあけすけね」

「ちょっと思っただけ。どうか、ふだんの鋭い頭脳をホルモンのせいで鈍らせないでね、ミセス・レーズン」

「彼に借りがあるのよ」アガサはトニの冒険についてミセス・ブロクスビーに話した。

「わたしなら、ディナーだけで終わらせるわ」ミセス・ブロクスビーはいつになく厳しかった。「だけど、彼から情報を引き出すチャンスかもしれないわね。どこのお店に案内するつもり？」

実を言うと、アガサは自宅でのキャンドルディナーを計画していたのだが、さりげなくかわした。「どこか考えるわ」

しかし、ミセス・ブロクスビーの言葉で、レストランに連れていった方がいいかもしれない、と思い直した。それに、フランス人は電子レンジ調理の食事なんて喜ばないだろう。ミルセスターのホテルのレストランに予約を入れ、イヴシャムのエステと美容院の〈アーチル〉をはしごしたので、その日はほんの少ししか仕事ができなかった。お気に入りの美容師ジャネルが休みだったので、店長のギャレスが担当してくれ、根元の白髪がのぞいている、と指摘した。カラーリングをしたら予定していたより時間がかかるが、しないわけにいかなかった。

結局、大あわてで家に戻ると、今夜にふさわしい服がないかとクロゼットからあらゆるものを引っ張り出した。最終的に、セクシーなベルベットのブラックドレスにハイヒールをあわせ、カシミアのショールを腕にかけて一階に下りていき、シルヴァンが来るのを待つことにした。

疲れる一日だったのでいつのまにか眠りこみ、ドアベルが鳴って、はっと目を覚ました。顔を上げると猫たちが膝の上で寝ていて、ドレスは猫の毛だらけになっていた。

服用ブラシをつかんでドレスの毛をあわてて払い落とすと、ドアを開けた。シルヴァンは大きなバラの花束を抱え、満面に笑みを浮かべて立っていた。

「まあきれい！」アガサは叫んだ。「リビングに行って、好きな飲み物を作っていて。お花を水に浸けてくるわ」

玄関のテーブルに置いておいた服用ブラシをとると、キッチンでまた服と格闘し、それから流しに水を入れて花束を浸けた。

アガサはシルヴァンのところに戻っていった。「コッツウォルズをぐるっと走ってみたんだ」彼は言った。「実に美しい場所だね」

「三百年変わっていないと言われているのよ。でも、少しロマンチックすぎる意見だと思うけど。三百年前にはスーパーマーケットや二十四時間営業の店はなかったし。ただし、静かな日には、村は昔と同じように見えるわ。蜂蜜色のコッツウォルズの石灰岩は風雨に耐久性があるの。それに商店は危機感を覚えているわ。アメリカ人がほとんど来ないのよ、ドルが弱いせいで」

シルヴァンはウィスキーを飲み干した。「そろそろ行こうか？　おなかがぺこぺこだ。それとも、ここで食事をする予定？」

「いえ、ミルセスターのレストランに予約を入れたわ」

シルヴァンが運転すると言った。スポーツカータイプのジャガーの低い助手席に滑りこんだとたん、アガサは股関節に強い痛みが走り、かろうじてうめき声をこらえた。

ジェームズ・レイシーはちょうど家に帰ってきたところだった。二人が走り去るのを驚いて見送りながら小さく罵った。殺人事件の容疑者とデートをするとは、アガサはどういうつもりなのだろう？　ミセス・ブロクスビーから詳細を聞きだすことにした。

「不思議なのは」とアガサは探偵としての仕事を意識しながら言った。「どうしてあなたが赤ん坊はオリヴィアの子どもだと言ったかね。だってオリヴィアは娘はジョージの子で、しかも子どもを密入国させたと言っていた。警察がそのことを知ったら、当然彼を告発するでしょうね」

「フェリシティはまちがいなくオリヴィアの娘だよ。オリヴィアは出生証明書を持っている。赤ん坊を密入国させる必要なんてなかった。彼女はとても尊敬されている女性だから、女性が不倫で子どもを産んだというよりも、男性が愛人とのあいだに子どもを作ったという方が聞こえがいいと思っているんだ。実にイギリス的だな」

「ジョージが他に何かを密輸していた可能性はある？　ドラッグとか煙草とか？」

「ジョージは見たとおりの人物だよ——虚勢は張るが、正直でとてもきちんとしている」

「あの夫婦と親しくしているのは意外だわ。ヒューズで食事をしたとき、さまざまな華やかな名士たちの話をしていたでしょ。ブロス＝ティルキントン夫妻にどんな魅力があるの？」

「二人に出会ったあと、ぼくは重い病気になったんだ。元気だったときの友人たちは距離を置こうとしたが、ジョージとオリヴィアは治療が終わるまでそばにいてくれた。それで、とても親しくなったんだ」

「ダウンボーイズの事件は、あなたにとってもショックだったでしょうね。よく知っている土地でしょ。何が起きているの？　ショーンみたいな元ＩＲＡの人間をどうして雇ったの？」

シルヴァンはため息をつくと肩をすくめ、両手を広げた。「ねえ、アガサ、われわれが知る限り、彼は地元のヨットマンで何でも屋だったんだ。別に不審なところはなかった」

「だけど、何か怪しいところがあったにちがいないわ」アガサは反論した。「誰がフエリシティを殺したんだと思う？」

シルヴァンはテーブルに身をのりだすと、アガサの手を両手で温かく包みこんだ。「フェリシティのふるまいを知っているなら、意外じゃないだろう？　たぶん、ふられた愛人だよ」彼の親指がアガサの手のひらをなでている。「もっと楽しいことを話そう。きみはどうして探偵になったんだい？」

「たまたま探偵みたいなことをする機会が何回かあったの。いくつかの事件を解決して。それで自分の事務所を立ち上げることにしたのよ」アガサはこれまでに手がけた事件について、かなり盛って話した。

食事が終わる頃には、アガサはまたもや執着というぬるま湯に浸かっていた。シルヴァンのすべてに魅了されていた――ほっそりしたスタイル、とてもフランス的なところ。

レストランを出ると、かなり飲んだからタクシーで帰ろうとアガサは提案したが、シルヴァンはただ笑って、自分は運転が抜群にうまいから大丈夫、ととりあわなかった。

カースリーへの道を走りながら、アガサはこのあとの成り行きに備えてチェックをするうちに鼓動が速くなってきた。脚と腕のムダ毛の処理、ＯＫ。ベッドサイドのテーブルにコンドーム、ＯＫ。足の爪は切ってある、ＯＫ……。

「明かりをすべてつけてきたのかい？」シルヴァンがアガサのコテージの前に車を停めながらたずねた。

「いいえ。ああ、最低最悪、チャールズにちがいないわ。彼は鍵を持っているの。すぐに追い返すわね」

アガサはスポーツカーの助手席からあせって出ようとして、地面にころげ落ちてしまった。

シルヴァンは笑いながら彼女を助け起こした。

「おやおや、年のせいだね」アガサは冷水を浴びせられたような気持ちになった。ドアを開けてリビングに入っていくと、チャールズばかりかジェームズまでがすわっていた。

チャールズはさっと立ち上がると、アガサの頬にキスした。

「楽しんできたかい、ダーリン？　寝室に荷物を置いてあるよ。しばらく滞在していこうかと思って。ジェームズがさよならを言いに来たんだ。今日帰ってきたばかりだけど、また明日、出発するから。やあ、シルヴァン。警察に釈放されたんだね？」

シルヴァンは一瞬ひどく怒った顔になった。それから軽い笑い声をあげた。

「警察には勾留されてないよ。ちょっと失礼」

彼はアガサを廊下に引っ張っていくと、小声でとがめた。「恋人がいるなら、そう言うべきだった」

「彼は恋人じゃないわ」アガサは力をこめた。「追い払うわ」

「いや、いとしい人、もういいよ。二日後には船でフランスに発つが、土曜日には戻ってくる。日曜にヒューズでランチをして今夜の埋め合わせをしないか？　一時に例のチャイニーズ・レストランで待ってるよ」シルヴァンはアガサを抱きしめると、情熱的なキスをした。

「ええ、またそのときに」どうにかアガサは声を出した。「だけど、泊まっていけないの？　今夜、ヒューズまではるばる帰れないでしょ？」

「大丈夫だよ、じゃ」

アガサは戸口に立ち、彼が走り去るのを見送った。

それから、チャールズ、ジェームズと対決するために戻っていった。

だが、ジェームズは機先を制して、冷たくこう言った。

「頭がおかしくなったのか？　三人が殺されていて、シルヴァン・デュボアはなんらかの形で関わっているにちがいないんだぞ。きみは彼とブロス＝ティルキントン夫妻が完全に無実だと信じるつもりなのか？」

「あなたを黙らせるために誘惑しようとしているだけだと思うね」チャールズも口を揃えた。

我慢ならなくなったアガサはいつものように怒りを爆発させたばかりか、とっておきの罵詈雑言を二人に浴びせると階段を上がって寝室に行った。

眠れぬまま横になっていると、しばらくしてチャールズが階段を上がってきて予備の寝室に行くのが聞こえた。部屋に入ってきて、またとっちめられるかもしれないと思ったが、彼の寝室のドアは閉まり、静かになった。

とうとう怒りがおさまると、すんでのところで助かったのかもしれない、とぼんやりと感じはじめた。

朝になってキッチンに行くと、チャールズが床で猫たちと遊んでいた。チャールズは彼女を見上げて、にっこりした。「まだ怒ってるかい?」

「どうしてシルヴァンと出かけたってわかったの?」アガサはたずねた。

「きみが出かけるのをジェームズが見かけてミセス・ブロクスビーを訪ね、そのあと死よりもひどい運命からきみを救うためにわたしを訪ねてきたんだ」

「自分の面倒は自分で見られるわよ」アガサは煙草に火をつけた。

チャールズは立ち上がってコーヒーを注いだ。「ドアのところで聞いていたんだ。彼はフランスに発ち、一週間後の土曜日に帰ってくるから日曜に会おうって言ってただろ？」

「それが何？　ヒューズまでつけてくるつもり？」

「いいアイディアが閃いたんだ。彼は何かを密輸するつもりにちがいないと思う。土曜にハドシーの港に行って船を借りて川を遡り、ブロス＝ティルキントンの敷地の向かい岸に停泊して、きみに会う前日の晩に彼が何を運びこむか見張るんだ」

「もう船はこりごり！」アガサは小型ヨットでの冒険についてチャールズに話した。

「いや、そういう船じゃないよ」チャールズは安心させた。「ものすごくハイパワーの船を借りよう。ハドシーに友人がいるんだ。電話をして、どういう船が手配できるか訊いてみるよ」

「どうして急に探偵業に熱心になったの？　どこかの女性を追いかけ回しているんだとばかり思ってたわ」

「わたしが？　いや、ただぶらぶらしていただけさ」チャールズはごまかした。美しいテッサはロックコンサートに行きたがったのだ。そのせいで、週末じゅう騒々しいバンドと降りしきる雨と泥、テッサの派手な声援と熱意に耐え続けた。共同トイレが詰まっているのを発見したとき、ぐずぐず言わないで適当な茂みですませたら、とテッサに言われ、愛は死んだのだった。

ハドシーはフリム川の河口にある小さな漁港だった。海は穏やかだったので、アガサはほっとした。土曜日にチャールズはアガサを大型クルーザーに乗船させた。

「こいつは四十四ノット出るんだぞ」彼は誇らしげだった。

「川の流れは確認した?」アガサは不安そうにたずねた。

「大丈夫だ。地図も手に入れたよ。どこで流れが速くなるかもわかっている。バーを備えた船室まであるんだ。よかったら下に行っててもいいよ。近くになったら呼ぶから。うなるほど金のある友人たちから借りたんだ」

そうにちがいないわね、とアガサはいかにも金のかかった羽目板張りの船室に足を踏み入れながら思った。隅にはバーがあった。ジンをたっぷりと注ぎ、トニックウォーターを加えたとき、パワフルなエンジンのかかる音がした。目的地に着くまで、ここにいるつもりだった。船は嫌いだ。コーヒーテーブルにはさまざまな雑誌が置かれている。それを手にとってぱらぱらとめくり、もはや有名人の多くが誰なのかわからないのは年をとった証拠だと思った。たしかに最近はリアリティショーの出現で、何もしなくても有名人になれた。演技を勉強したり、スポーツですばらしい成果を出したりする必要はないのだ。

シルヴァンについては何も怪しいところは見つからないにちがいない。少し恋愛ごっこを楽しんだっていいでしょ、とひとりごちた。成り行きまかせのセックスについて道徳を振りかざすのもけっこうだが、そもそもセックスを最後にしてから長い時間がたつと、道徳観は薄れ、変化してしまう。それに、とっくにイギリス警察はフランス警察に連絡をとっているだろうから、シルヴァンが犯罪行為に手を染めているならすでに逮捕されていただろう。

船室は暖かくて快適で、長いドライブのあとで疲れていたので、いつのまにかうとうとしていた。チャールズが呼んでいる声でようやく目覚め、エンジンが停止しているのに気づいた。

甲板に上がっていきチャールズのところに行くと、すごい装置に目をみはった。

「コンコルドのコックピットみたい。今どこにいるの？」

「対岸の少し下流の木立の下だ。真っ暗だな。さて、待つとしよう。桟橋には船がないようだ」

「いつ来ると思う？」

「たぶんもうじきだろう。まだ真夜中ちょっと過ぎだ。ねえ、考えてみて、アギー。もし彼が無実のヨットマンだったら、もっと早く来たはずだよ」

「もし飛行機か車か列車で戻ってくることにしたんだったら?」

「彼は常に船を使っているんだ。〈ジョリ・ブロンド〉って名前だ。港ではかなり人気者らしい。いつもクリスマスには税関の連中にプレゼントをして、地元の救助基金に多額の寄付をしている。疑わしいと思わないか?」

「ただの気前のいい人かもしれないわよ。お金をたくさん持っているし。みんながみんな、あなたみたいに締まり屋じゃないのよ、チャールズ」

「一本とられたな!」

アガサはあくびを嚙み殺した。「ねえ、ここにひと晩じゅうすわってるつもり?」

「じゃあ、こうしよう。午前二時か三時まで起きていて、何もなかったら寝よう。あ、静かに!」

とても静かな夜だったので、遠くからかすかにエンジンの音が聞こえてきた。

黒っぽい色の大型クルーザーが桟橋に近づいてきて、エンジンが停止した。長身の男が船を係留し、船室に下りていった。

「畜生」チャールズがささやいた。「まさか、船で夜明かしするつもりじゃないだろうな」

　二人は辛抱強く待っていた。

「ずいぶんガタガタと動き回っているような音がしているな」チャールズが言った。シルヴァンだろうと目星をつけた長身の男がまた現れ、何か言った。すると、もっと小柄な六つの黒い人影が船から現れ、桟橋に並んだ。

　チャールズはクルーザーの正面に飛んで行くと、設置されている強力なライトをつけ、桟橋のグループを照らしだした。シルヴァンは驚いてライトに顔を向けた。彼のわきには六人の中国人が立っていた。

　シルヴァンはもやい綱をほどいて一人で船に飛び乗った。エンジンの音が轟き、船はすごい勢いで川を下っていった。

「彼を追って」アガサは叫んだ。

「いや、警察に連絡しよう。警察はハドシー港に知らせるはずだ。それから、あの気の毒な連中を連れていってもらおう。おそらく密入国するために、シルヴァンに有り金を差しだしたんだよ」

　アガサは警察に電話し、それから待った。中国人たちは辛抱強く立っていた。

「迎えが来ることになっていたのよ」アガサは言った。「きっとチャイニーズ・レストランのオーナーね。おそらく、どこかに奴隷労働者として連れていく予定だったんでしょ」

やっと警察のサイレンが聞こえてきた。

「屋敷で明かりがつくはずよ」アガサは言った。「ブロス夫妻は家に戻っているはずだから。夫婦もこの件にからんでいるにちがいない」

警察艇が最初に到着した。それからジェリー・カートンが現れ、犬に向かって叫んだ。パトカーが土手の草地をすごい勢いで走っていく。

「ところで、この件で少しでも警察に感謝されると思う？」チャールズは不服そうだった。「その正反対だろうな。じきに警察が到着し、われわれはヒューズ警察に行くことになる。幸運にも勘が当たったと言っても、これっぽっちも信じてもらえそうもないな。情報を隠していたと疑われるだろう」

二人は別々に聴取された。ボースを従えたウォーカー警視は激怒していた。密入国についてすべて知っていたのに、警察に伝える代わりに探偵ごっこをすることにしたんだ、と決めつけた。ジェリーが逃亡したという知らせに、怒りの火にさらに油が注がれた。

「思い出させてもいいかしら、わたしは探偵なんですよ」アガサは文句を言った。「だいたい、わたしたちがいなければ、警察は何もつかめなかったでしょ。ブロス＝ティルキントンは逮捕したんでしょうね」

「いや、なぜだ？　われわれの知る限りでは、彼は今回の件とは無関係だ」

「頭がどうかしたんじゃない？　親友が自分の庭で中国人を下船させているのに、それについて何も知らないわけないでしょ？　警備兼犬の世話係はどうしたの？」

「ジェリー・カートンは姿をくらました。今捜しているところだ。ミスター・ブロス＝ティルキントンも聴取しているが、すっかり困惑しているようだ。ジェリーを雇うように提案したのはデュボアだったし、ショーンもそうだった」

「でもシルヴァン・デュボアを逮捕したら、全員が共謀していたと言うはずよ」

ウォーカーは不安そうにまばたきし、目の前のデスクに置かれたメモをにらみつけた。

「彼を取り逃がした！」アガサは叫んだ。「まんまと逃げられたのね」

「やつは海峡に出ていったが、沿岸警備隊がじきにつかまえるだろう」ウォーカーはのろのろと言った。「さて、質問に戻りたいんだが……」

翌朝遅く、船に泊まっていたアガサとチャールズは目を覚ました。アガサはパトリックに電話して、ヒューズの情報提供者から何かニュースが入っていないかたずねた。パトリックはシルヴァンを追っていることを警察無線で聞いていた。「たぶんつかまえられる望みはないだろう」彼は言った。

「どうして？　沿岸警備隊に捜索させているんでしょ」

「そっちの警官は新聞を読まないのか？　イギリスじゅうの沿岸警備隊は、二十四時間の賃上げデモ行進をしている最中なんだ。ゆうべ七時に始まった」

アガサはうめいた。復讐心に燃えているにちがいないシルヴァンが逃亡していると思うと怖くなった。

電話を切ると、アガサはチャールズに状況を報告した。それからたずねた。「彼が何かを密輸しているって、どうしてあんなに確信があったの？」

「今年になって読んだ記事のせいなんだ」チャールズはコーヒーのマグカップを両手でくるむようにして持った。「二月に、大規模な労働者の密入国グループが摘発された。中国人は二万一千ポンドを支払って、イギリスに密入国しようとした。シルヴァンのような人間は、おそらくフランスからイギリスへの移動を請け負っていたんだろう。一人あたり五千ポンドで。ロンドンのペッカム・ハイ・ストリートの部屋では、二十三人の中国人がぎゅう詰めで暮らしているのが発見されたらしい。警察によると、彼らが貧しい田舎者だというのは誤解なようだ。その多くが専門的スキルを持っていた」

「それで彼らはどうなったの？」

「ロンドンのチャイナタウンのレストランに連れていかれたようだ」

「ここにもチャイニーズ・レストランがあるわ」アガサは叫んだ。「シルヴァンがわたしたちをディナーに連れていった店よ。だけど、どうやって彼らを入国させたのかしら？」

「シルヴァンはハドシー当局と親密な関係なんだよ。おそらく、大きな船のどこかに隠し部屋を作っていたんだろう」

アガサの電話が鳴った。パトリックからだった。「今朝、ブロス＝ティルキントンの屋敷が徹底的に捜索されている。だが、ジョージは無実だと主張しているし、不利な証拠はまだ発見されていないようだ。警察じゃ、ジョージはシルヴァンにだまされたんだと考えている。もしかしたらフェリシティがそれを知ってしゃべろうとしたので、シルヴァンに撃たれたのかもしれない。夫婦はパリにいるときにシルヴァンに下にも置かないもてなしをされ、たくさんの有名人を紹介してもらったので、すっかり彼を信用してしまったんだ」

「なんて馬鹿なの」アガサは苦々しげに言った。

「おや、そう言えるのかな？　わたしがいなかったら、あなたもだまされて彼に夢中になっていたところだ」チャールズが言った。

そのとき誰かが外から呼びかけたので、アガサは返事をしなくてすんだ。チャールズは甲板に上がっていったが、またすぐに戻ってきた。

「埠頭にパトカーが来ている。署に戻るように言われた」


アガサはまたもやボースとウォーカーから話を聞かれた。警視の目は睡眠不足で赤くなっていた。シルヴァンが何かを密輸しているという結論になぜチャールズが飛びついたのか、まだ疑っていたのだ。「あなたが過去に重要な情報を隠していた、と主張する部長刑事がミルセスターにいるんです」ウォーカーが厳しく追及した。

「それはコリンズっていう嫌な女でしょ」アガサはうんざりしながら言った。「彼女はわたしを憎んでいるんです。わたしがこれまでミルセスター警察のためにたびたび役に立ってきたから」

ファルコンが部屋をのぞいた。「ちょっといいですか？　緊急で」

聴取は中断する、とウォーカーはテープレコーダーに吹きこみ、部屋を出ていった。すぐに彼は戻ってきたが、その目は興奮で輝いていた。

「何か見つかったんですか？」アガサは意気込んでたずねた。

「なんでもない。供述がタイプされるまで外で待っていて、サインしたら帰ってかまわない」

アガサはチャールズと狭い受付エリアで合流した。「何か起きたのよ」アガサは言った。「ウォーカーはとても興奮していた。シルヴァンをつかまえたんじゃないかしら」

「供述書にサインするまで待とう。それから船に戻り、きみはパトリックに電話するんだ」

「そういえば、いつクルーザーの操縦を習ったの？　ずっとたずねようと思っていたんだけど」

「若いときに海軍にいたんだ」

「チャールズ！　あなたが役に立つことをしていたとは、考えもしなかったわ」

突風が警察署の窓ガラスをカタカタ鳴らした。「習っておいてよかったよ」チャールズは言った。「風が出てきたようだな」

十五分後、二人とも小部屋に呼ばれ、供述書にサインした。それから強まってきた風に頭をかがめながら、ヒューズ・ハイ・ストリートに出ていった。

「今日、ハドシーに戻らなくちゃだめなの？」アガサがすがるように言った。

「残念ながら。クルーザーを返すと約束したんだ。ただの川だよ、アガサ。大海に出ていくわけじゃないんだよ」

強力なエンジンのクルーザーで川を下っていくあいだ、アガサは船室に閉じこもっていた。自信が指先から残らず流れ出ていく気がした。探偵の仕事ぶりをシルヴァンに自慢したことを思い出すと恥ずかしくて、穴にでも入りたかった。本当に自分は優秀なのだろうか？　それともチャールズのような頭の切れる人々に囲まれているだけなのだろうか？　あらゆる殺人現場にいたフランス男と一度ならず二度もデートするなんて、愚かとしか言いようがなかった。

もしかしたら探偵の能力なんて、まるでないのかもしれない。ガラス窓にぶつかる蜂さながらブンブン飛び回っているうちに、誰かが窓を開けてくれたおかげで外に出られ、日の光を見られたにすぎないのかもしれない。

ハドシーに着いて船を返すと、行きはアガサの運転で来たので、帰りは運転しようとチャールズが言ってくれた。疲れて自信喪失したアガサはぐったりと助手席にもたれこんだ。

「出発する前にパトリックに電話して、どうして急に聴取が中断されたのか訊いてみた方がいいわね」

シルヴァンの船が海峡を流されているのを漁船が発見し、ドーヴァー港に曳航していった、とパトリックは報告した。漁船の船長からまえもって連絡を受けていたので、イギリス空軍パトロール機がすぐに現地に飛んだ。すると全員の目の前で、シルヴァンは海に飛びこんだ。彼はライフジャケットをつけていなかった。飛行機は〈ジョリ・ブロンド〉号の周囲をぐるぐる回った。シルヴァンはちょっとだけ浮かび上がったが、また波間に沈んでいった。今は死体が浮かんでこないか捜索しているところだ。

アガサはそのニュースをチャールズに知らせた。「これで一件落着だな」チャールズは言った。

「それはどうかしらね」アガサはあくびをこらえた。

「おいおい、アギー。これで筋が通るよ。彼はフェリシティと寝たことがあった。彼女は何か知っていたにちがいない」

「だけど、鉄壁のアリバイがあったのよ」

「ブロス＝ティルキントン夫妻はまだ無実だとみなされているって、パトリックは言ってたかい？」

「あきらかにそうよ。警察はブロス夫妻はずっと利用されていたと考えている。警備のことも、ジェリー・カートンを雇ったのも、すべてシルヴァンの発案だった。押し込み強盗の話で夫婦を震えあがらせたのよ」

「じゃあ、これで幕が下りたわけか。けっこう」チャールズは言った。「全員がふつうの生活に戻れるな」

「何がふつうなのかしらね？」アガサはつぶやくと眠りこんだ。

アガサはコテージの外に車が停まるまで目を覚まさなかった。

「おなかが減ったよ」チャールズが言った。「猫たちの様子を見てから、歩いて〈レッド・ライオン〉に行こう。屋外の席は完成したのかな？」

「そう聞いたけど」

〈レッド・ライオン〉の経営者ジョン・フレッチャーは裏手に広い駐車場があって幸運だった。現在、その半分にテーブルとパラソルが並べられ、巨大なビニールテントのようなもので覆われていた。今日は晴れていたので、テントの側面は巻き上げられている。二人はたっぷり食事をとり、ゆっくりと歩いて戻った。

「今度はわたしが寝る番だ」チャールズが言った。「いっしょにどうだ？」

「答えは同じよ」

「いつか気が変わるかもね」

「それはないわ。オフィスに出勤した方がよさそう。じゃ、またあとで」

ミセス・フリードマン以外は全員が外出していた。アガサはため息をつくとパソコンの前にすわり、記録されているすべての案件に目を通した。「行方不明の女の子の件は進展がないのね――トリクシー・バラード？」

「まだ何も。シャロンが担当しています」

アガサはパソコンの事件のメモを読んだ。その十五歳の少女の行方不明事件は、メディアで大々的にとりあげられた。彼女は顔を上げた。「ご両親はテレビに出たの？」

「ええ。BBCニュースをグーグル検索すれば動画が見られますよ」

動画リンクが画面に出てくると、アガサはスピーカーの音量を上げ、熱心に耳を傾けた。ミセス・バラードはやせたブロンドに染めた女性で、ずっとすすり泣いていた。しゃべるのはもっぱらミスター・バラードだった。「どうか家に帰ってきてくれ、プリンセス」彼の声は感情が高ぶり、ひび割れていた。「おまえがいなくて寂しいし、愛しているよ」

「妙ね」アガサは短い動画が終わると言った。「彼女を誘拐しているかもしれない人に解放してくれ、とは言わなかった。シャロンの報告書はどこ？　いえ、いいわ。どこかにあるはずだから」

アガサはシャロンの報告書を見つけ、じっくり読んでみた。シャロンは徹底的に調べていた。学校の友人、教師をはじめ隣人、地元の店にまで聞き込みをしている。トリクシーは二週間前に学校を出て家に帰ってきたが、そのあと忽然と姿を消したようだった。

自分が覚える違和感は探偵としての力不足のせいかもしれなかったが、とにかく、少女について自分の手で調べてみることにした。

ミルセスターのイヴシャム・ロードの環状交差点から少し入ったところにある、五階建ての集合住宅に、バラード家は住んでいた。きわめてきちんとした住宅地で、各戸に駐車場があり、いたずら書きもなく、駐車場沿いにはきれいに刈られた芝生と花壇があった。

アガサは車を降りようとして、ふと閃いた。両親も近所の人間も友人たちも、みんな口を揃えて同じことを言うだろう。それに少女の部屋はすでに徹底的に捜索されていた。シャロンのメモから、児童虐待者が連絡をとっていないかトリクシーのパソコンも調べられたことを思い出した。

自分の子ども時代の記憶が浮かんだ。両親は二人ともアルコール依存症だった。ある晩、目を覚ますと、父がベッドの足下に立っていた。「ちょっと詰めてくれ、ダーリン」父はベッドに入ってこようとした。

幼いアガサは思い切り悲鳴をあげた。母があわててやって来て、両親は激しいけんかになった。

父親がトリクシーに何かしようとしたのだろうか？　今、自分が十五歳なら、自殺をするだろうか？　しょっちゅう起きていることだ。しかし報告書だと彼女は分別のある少女のようだったし、成績もとてもよかった。

わたしならどうするだろう？　アガサは考えた。

東ヨーロッパからの移民が増えたので、従業員の履歴書を気にしないような単純労働の仕事を見つけるのは簡単ではなかった。トリクシーがロンドンに行っていないことを祈った。あそこでは家出娘を狙う連中が大勢いて、売春婦にされてしまうだろう。

彼女は年齢のわりに背が高く、茶色っぽい髪をしたありふれた容姿の少女だった。

しかし、髪を染めて眼鏡をかけたら、外見を一変できるだろう。

わたしならどうする？　アガサはまた考えた。もう一本煙草に火をつける。

働く？　ホテルの清掃係か皿洗い。それならできそうだ。あまり遠くない場所で。

報告書によれば、これまでミルセスターを出たことがないという。児童虐待者の関心を引くには背が高すぎるし、幼くもない。十七歳か十八歳でも通るだろう。

アガサは夜の打ち合わせに間に合うように帰っていった。

「シャロン、このトリクシー・バラードの案件ではとてもいい仕事をしてくれたわ」アガサはほめた。「だけど、父親とトラブルがあったんじゃないかという気がするの。誘拐されてはいないと思うし、学校のカウンセラーの報告書によると、自殺をするタイプじゃなかった。ただの推測だけど、従業員の身元を重視しない場所で働いているんじゃないかしら。明日は全員でホテルの清掃係とかレストランの皿洗いとかを片っ端から調べてちょうだい。ともかく、そういうたぐいの仕事をね」

打ち合わせがすむと、アガサは疲れきって家に帰った。チャールズはすでにいなくなっていた。猫たちにえさをやり、庭に出してやった。朝になったら、トリクシーの案件にとりかかろう。

短期間でもまた一人で仕事ができて、トニはほっとしていた。アガサの下で仕事をすることで、大きく後退したように感じていたのだ。これだけの援助を与えてくれてアガサには感謝していたが――感謝してもしきれなかった。

いっしょに学校に通った女の子たちは、面白味のない仕事で妥協していた。それでも、あれこれ訊かれずにすむ低賃金の仕事については、いい情報源になるかもしれない。トニはホテルを担当することにした。トリクシーには泊まる場所が必要なはずだ。

トニはミルセスターの大手スーパーマーケットを片っ端から訪ね、建物の裏手にまっすぐ回ってみた。そこではスタッフがよく煙草を吸っているのだ。

一軒のスーパーマーケットで昔の学校時代の友人二人を発見した。やせて骨張ったニキビだらけのチェルシーという子がトニを呼び止めた。「有名な探偵さんじゃん。ここで何してんの？」

「トリクシー・バラードを捜してるんだ。彼女を見かけてない？」

彼女といっしょにいた小柄で太ったコシのない髪をしたトレイシーがからかうように言った。「ああ、そうか。イギリスじゅうのおまわりが捜してるもんね？」

「ちょっと思っただけ」トニは言うと足早に歩き去った。トリクシーが仕事をしているかもしれないホテルについてたずねたら、スーパーじゅうで噂になり、トリクシーがどこかのホテルに身を隠していたら、それが耳に入るかもしれない、と気づいたのだ。

ホテルに行くなら十時過ぎがいい。客がチェックアウトする時間だ。もっと高級なホテルだと、お昼過ぎだろう。少なくともミルセスターはただの市場町だった。ロンドンやマンチェスターのような大都会だったら、ホテルがごまんとあり悪夢だっただろう。

トニはリストを見た。五軒のホテル。〈ジョージ〉はいちばん大きいが、社会保障番号がない人間を雇うとは想像できなかった。

そして〈パレス〉――こちらも同様だ。だが〈カウンティ・イン〉ならありえるかもしれない。

スタッフ用通用口に回った。白い作業着姿の女性が出てきてゴミ箱にゴミを捨てると、また中に入っていった。トニは出かけていき白いオーバーオールを買うと、それを着て〈カウンティ・イン〉に戻り、大胆にも通用口から入って階段を上がっていった。

階段を上がったり下がったりし、廊下を歩き、清掃係が作業をしている部屋をのぞいたが、トリクシーらしき女の子は見つからなかった。それどころか、聞こえてくる声はほとんどがポーランド語だった。

トニはついにあきらめ、車に戻った。あとふたつのホテルが残っている。〈バークリー〉と〈タウンハウス〉だ。〈バークリー〉は実際にはモーテルで環状道路沿いにあった。ふたつのうちでは、こちらの方が見込みがありそうだ。

ホテルはコの字形に建てられていた。中庭に車を停めると、清掃係がさまざまな部屋を出入りして作業をしているのがはっきりと見えた。

一人もトリクシーに似た女性はいなかった。たいした期待を抱かず、〈タウンハウス〉に向かった。そこは小さなしょぼくれた外見のホテルだった。

チェックアウト時間は過ぎていたので、部屋はすでに清掃が終わっているだろう。トニはホテルのわきに車をつけ、従業員用入り口を見張りながら待った。午後遅く、清掃係たちがぞろぞろ出てきた。六人いたが、トリクシーはいなかった。

彼女はオフィスに行き、最終報告をした。「明日の朝もう一度だけ試してみて、それでおしまいにしましょう」アガサは言った。

外に出るとシャロンが追いついてきた。「最近、元気がないね、トニ。あのペリーのせい？」

「それもある。図々しく、しばらく花を贈ってきたり、電話をかけてきたりしてたけど、とうとうあきらめた。あの嘘つきったら、あれは罠で、あの女には一度も会ったことがないって言ってたよ」

「で、他にもあるの？」

「また自分の事務所をやりたいんだ」

「アガサに頼めばいいじゃん。もともと一人でやるように勧めたんだし」

「完全にアガサから独立したいの。これまでにもいろいろやってもらったし、これ以上は世話になる気になれないんだ。だって、永遠に彼女から自由になれないでしょ。アガサは帳簿を調べたり、いらないアドバイスをしたりするだろうし」

「そうだ、こうしない？　オデオン座でくだらない映画をやってるんだ。『愛する人へ』ってやつ。『めぐり逢えたら』みたいな映画らしいよ。バーガーを食べてから、観に行かない？」

トニはにっこりしてシャロンの肉付きのいい肩に腕を回した。「いい考えだね」

アガサは二人をオフィスの窓から眺めていた。トニは黒いTシャツに短いデニムのスカートをはき、幅広のベルトをゆるく腰に巻き、ぺたんこのサンダルをはいている。日の光が金髪を輝かせた。シャロンはいつものだらしない格好で、生き生きとしゃべっている。

あのぐらい若かったらいいのに、とアガサは憂鬱になった。二人は夜の町に出かけていく。そしてわたしは猫たちのところに帰るのだ。

映画はトニが夢中になれるほどの魅力はなかったが、シャロンはポップコーンの大きな容器を豊かな胸に抱え、楽しんでいるようだった。酔っ払いの兄がいて家がつらいとき、よく映画館に逃げてきたことをトニは思い出した。

背筋を伸ばして、周囲を見回した。トリクシーのような子も同じことをするだろうか？　もしかしたら、気の毒な女の子は今頃どこかの側溝で死んでいるのかもしれない。

映画が終わる直前に、トニはシャロンにささやいた。「外で待ち合わせしよう」シャロンは洟をすすりながらうなずいた。熱心にスクリーンを見つめている彼女の頬を涙が伝い落ちていく。

トニは外に立った。映画は評判が悪かったので、三分の一しか客が入っていなかった。

トリクシーの写真を取り出し、じっくり見た。少女は外見を変えているかもしれないが、口の右端に小さな黒いほくろがあった。それに集中しよう、とトニは思った。

そのとき観客が出てきた。トニはフードをかぶった少女を見つけた。ちらっと黒いほくろが見えた。シャロンが近づいてきた。「すごくいいラストを見逃したね……どうしたの？」

「トリクシーを見かけた」トニはささやいた。「あとをつけよう」

二人は急いでフードをかぶった人物を追いはじめた。少女は広場に行き、誰かを待っている。〈グリーン・フィンガー種苗園〉という名前が入ったバンがやって来て、トリクシーはそれに乗りこむと走り去った。

トニとシャロンはトニの車まで急いだ。「あの種苗園なら知ってる」トニは言った。「ビュードリー・ロードにある。向こうまで行って、彼女の顔がもっとよく見えたら警察に連絡しよう」

二人は種苗園から少し離れた場所に駐車して車を降りた。「もっと近くから見ないと」トニは言った。二人は用心しながら種苗園に近づいていった。あたりには花や植物の甘い香りが漂っている。バンは平屋建ての建物の前に停まっていた。「ここで待っていて」トニはささやいた。「こっそり窓からのぞいてくる。犬がいないといいけど」

トニは足音を忍ばせて建物の前の駐車場を横切っていった。建物の裏手では、ガラスで覆われたいくつもの細長い小屋が月光に輝いていた。

トニはしゃがんで明かりのついている窓からのぞきこんだ。男と女と少女がキッチンのテーブルについていた。女性はお茶を注いでいる。トニは少女を見て、あのほくろがなければ絶対にトリクシーだとわからなかっただろう、と思った。彼女は眼鏡をかけ、髪の毛をブロンドに染めていた。

トニはゆっくりとあとずさった。シャロンのところに戻ると報告した。

「警察に電話するね」

「あたしたちの手柄にはならないよね」シャロンは不満そうだ。

「だけど、彼女は虐待されていたかもしれないんだよ、一見そう見えなくても」

「あんたが電話して」シャロンが言った。「あたしは生け垣の向こうでおしっこしてくる」

生け垣の陰に行くと、シャロンは携帯電話を取り出し、重要な新聞社とテレビ局の番号にかけ、早口にしゃべりだした。

トニはどうにかビル・ウォンをつかまえ、サイレンを鳴らさずに来てくれと説得した。さもないとトリクシーが逃げてしまうかもしれないから。

まもなく最初のパトカーが到着した。トニは道の角で出迎えた。「やさしくしてあげて」トニはビルにささやいた。「トリクシーは父親と問題があったんじゃないかと思うの」

「虐待ってこと？」

「そんなようなこと」

「きみはそこにいて、あとはわれわれに任せてくれ」

長い時間に感じられた。やがてメディアがたくさんやって来た。「彼女を見つけたのはそこにいるトニだったんです」シャロンが誇らしげに言った。

「それにシャロンも」トニは友人に忠実だった。二人は肩を抱き合って微笑み、フラッシュが光った。

そのとき平屋建ての家のドアが開き、トリクシーが現れたので、記者たちはあわてて駆け寄っていった。彼女の頭は毛布で隠れていた。夫婦も出てきたが、手錠はかけられていないことにトニは気づいた。

ウィルクス警部が二人の少女に近づいてきて、厳しく言った。

「署に来てもらおう。供述をとらせてもらいたい」

署に行く途中でトニがあわてて言った。「アガサに電話して。彼女もこの一件に関わりたいだろうから」

「どうして？　彼女は何もしなかったよ」

「彼女がボスでしょ。電話して！」

シャロンは不機嫌に携帯電話を取り出すと、電話するふりをした。「出ないよ」彼女はうれしそうに言った。

「メッセージを残した？」

「忘れた」

「じゃあ、すぐ残して！」


アガサはジェームズのコテージの外にいた。彼は留守だった。自分のコテージに戻り、鍵を閉めた。二階に行き服を脱ぎ、シャワーを浴びてフェイスパックをすることにした。

ベッドの端にすわり、パックが乾くのを待っていたとき、電話機で赤いランプが点滅していることに気づいた。メッセージが入っているのだ。

受話器を取り上げ、交換手の機械的な録音された声が一件のメッセージがあるというのを聞いて、ボタンを押した。

パトリックだった。「情報提供者から電話をもらったところだ。トニが行方不明の少女を発見して、メディアが署に詰めかけている」罵りながらアガサはバスルームに走っていきパックを洗い流し、急いで服に腕を通すと、コテージから飛びだし、車に乗りこんでミルセスターに向かった。

だが警察署に着いても、トニとシャロンが現れるのを受付で待つことしかできなかった。

二時間が過ぎ、トニとシャロンが疲れた様子で現れた。

トニがどうやってトリクシーを見つけたか説明する言葉に、アガサは耳を傾けた。彼女が話し終えると、アガサはひややかに言った。

「すぐにわたしに電話するべきだったわね」

「電話しました」シャロンが言った。「映画館では電話する時間がなかったし、トニはまちがっているかもしれなかったから」

アガサはたちまち自分がケチで狭量な気がしてきた。シャロンのメッセージを聞き逃したにちがいない。だが、まちがいなく交換手はメッセージは一件だけだと言ったし、それはパトリックからだったのだ。

「お手柄だったわね」アガサは言った。「ご両親は喜んでいた？」

「警察はミスター・バラードを調べてます。お父さんに虐待されてトリクシーは家出したんじゃないかって、トニが言ったんです。種苗園の夫婦は、彼女が十七歳で雇用カードの発行を待っているところで孤児だ、と説明したことを信じていたんですよ。だから種苗園で働かせて、下宿させていたんです」

警察署を出るときには、メディアはふくれあがっていた。アガサはメディアに説明しようとしたが、みんなトニとシャロンに声をかけた。唇を噛みながらアガサはわきによけ、二人の若い探偵たちが賞賛を浴びるのを眺めていた。

やっとアガサが家に帰ってきてバスルームの鏡をのぞくと、眉毛と前髪にパックの白い破片がこびりついていた。

これまではいつも調査で直感を発揮し、もてはやされたのはわたしだった、と思い返した。警察署の外で注目を浴びようとして悪あがきしたことを思い出し、ベッドにもぐりこむと、できるだけ小さくなろうとするみたいに丸くなった。

8

不景気の脅威があったが、アガサの探偵事務所は繁盛していた。トリクシーを発見した宣伝効果で、仕事の依頼がぐんと増えたのだ。しかも政府の目標値にうんざりして、驚くほど大勢の警官が退職したがっていた。逮捕の目標件数を達成できなければ昇進は見込めなかったので、ふだんは法を遵守している市民を考えつく限りのささいな違反で告発しなくてはならなかったのだ。書類仕事の負担も増えていた。というわけでアガサは四十代の元警官を雇った。ポール・ケンソンとフレッド・オースターだ。ポールはやせてひょろっとしていて無愛想で、フレッドは小太りで陽気だった。しかし、二人ともとても有能だった。

ただ、トニとシャロンはしだいに不満を募らせていった。おもしろい事件は二人に割り当てられなくなったのだ。アガサは二人のどちらにもペット捜しばかりさせた。

フィルとパトリックはずっとほしかった休暇をとれるようになったので、新入りたちを歓迎していた。

フィルは休暇のあいだ自宅でのんびりし、庭仕事をすることにした。コッツウォルズには秋が忍び寄ってきていた。ライムの木々の葉はすでに紅葉しはじめ、穀物が収穫されている。しかし、コッツウォルズでは珍しい小春日和が続いていた土曜の朝、フィルが白髪頭で花壇にかがみこんで作業していると、誰かに見られているのを感じた。

腰を伸ばして振り返った。トニが立っていた。「これはうれしい驚きだ」フィルは言った。「今朝、レモネードを作ったんだ。いっしょに庭にすわろう」

トニは錬鉄のテーブルの前のガーデンチェアにすわった。フィルがキッチンのドアからグラスとレモネードのピッチャーを運んでくると、トニは言った。

「バンドのかすかな音が聞こえてきます」

「あれはパブからだよ。村祭りみたいなことをやっているんだ」

「アガサも参加してるんですか？」

「ミセス・ブロクスビーから聞いたところだと、彼女は村のことに興味を失ったらしい。きみに会えてうれしいよ。特別な理由があって訪ねてきたのかい？」

トニはレモネードのグラスを受けとると、ため息をついた。

「アガサのことなんです」

「ほう」

「あたしがトリクシーを見つけてメディアに出て、新しい人が二人雇われてから、くだらない仕事ばかり回されているのは気づいてますよね」

「ああ、たしかに」フィルはぎこちなく言った。「それについて、アガサと話してみるべきだよ」

「そうすべきなんでしょうね。ただ、アガサに感謝するのに疲れちゃったんです。家から救いだしてくれ、部屋を見つけてくれ、守ってくれ、面倒を見てくれた。文句を言えば、きっともっとやりがいのある仕事をくれるでしょう。でも、あたしにせがまれなくても、そうするべきだと思って」

「彼女にはテレパシー能力はないんだ、わかるだろ。話し合わなくちゃならない」

「でも、彼女が怖いんです」

「まあ、ちょっと怖いところもあるが、とてもいい人だ。きみはまだ若い。たぶんアガサは嫉妬しているんだろう」

「当然、嫉妬してるでしょうね。それも仕方ないかもしれません。あたしはトリクシーを発見したあとで、アガサに電話するようにシャロンに頼んだんです。シャロンはかけたって言いました。でも、実はかけていなかったことがわかった。シャロンはあたしの友人です。アガサはあたしたち二人がわざと彼女をのけ者にした、と思っているんですよ」

「わたしから彼女に話してみようか？」フィルがたずねた。

「いえ、大丈夫です。あたし、ずっと前から警察に入ることを考えていました。正式な資格がないのに人々に話を聞いて回るのって、とても居心地が悪いんです。でも、アガサはあたしのことを恩知らずだと思うでしょうね」

「それについてはビル・ウォンに相談するといいし、ミセス・ブロクスビーにも話してごらん。ミセス・ブロクスビーはとても分別がある穏やかな人だから」

「村まで来ているし、これから彼女を訪ねてみてもいいですね。レモネードをごちそうさまでした」

「ミセス・ブロクスビーは村祭りにいるよ。パブの裏手の野原だ」

「アガサもそこにいたら？」

「そうしたら、勇気を出して彼女に話してみることだ」

ミセス・ブロクスビーは「村の工芸品」を並べたテーブルを前にして、疲れた様子で立っていた。

「まあ、ミス・ギルモア。会えてうれしいわ」牧師の妻は言った。「ああ、交替のミセス・ジャーディンが来たわ。軽食テントに行って、アイスクリームをいただきましょう。今日は季節はずれの暑さね」

列に並んでストロベリーアイスクリームの代金を払うと、ミセス・ブロクスビーはテントの隅の小さなテーブルに歩いていった。

「ミセス・レーズンもあとから来るの？」ミセス・ブロクスビーはたずねた。

「いいえ、あたしがここに来たのは、アガサについてあなたのアドバイスをいただきたいと思ったからなんです」

「彼女がやっかいなことになっているんじゃないでしょうね？」

「いいえ、困っているのはあたしの方なんです。トリクシーの案件であたしが脚光を独り占めしてから、アガサはつまらない仕事しか回してくれないんです」

「じゃあ、彼女と相談しなくちゃならないわ。ミセス・レーズンはわたしの友だちよ。彼女自身が助けを必要とする問題を抱えているのでない限り、陰で話をすることはできないわ。あなたには凶悪な事件に取り組むほどの大きな勇気があるんだから、親切な——並はずれて親切な雇い主と話ができないわけがないでしょ！」

「凶悪な事件よりも、アガサの方が怖くて」

「もう、そのぐらいになさい！　そのことを他の誰かに相談したの？」

「ここに来る前にフィル・ウィザースプーンに相談しました」

「ここは小さな噂好きの村よ。ミセス・レーズンはすぐにあなたの訪問について知り、ミスター・ウィザースプーンにどうしてあなたが訪ねてきたのか、と訊くでしょう。きっと彼は正直に話すわ。すぐにミセス・レーズンと話した方がいいわよ」


トニは重い足どりでアガサのコテージに近づいていった。ベルを鳴らし、アガサがいないことを祈った。だが、本人が玄関を開けた。

「トニ！　あら、まあ、来てくれてうれしいわ。庭の方へどうぞ」

ガーデンテーブルにつくと、アガサはたずねた。「ただの社交的な訪問？」

「いいえ」トニは自分の足を見つめた。

「じゃあ、何なの？」

「どうしてあたしにつまらない案件ばかり割り当てるんですか？」

「ほら、新しい探偵を二人雇ったでしょ、ポールとフレッドを。二人を試したいと思っているの」

トニは青い目でまっすぐアガサを見つめた。「トリクシーの案件のせいで、あたしに嫉妬しているんだと思います」

トニは怒りが爆発するのを待った。しかし、アガサの反応は意外だった。アガサは身じろぎもせず、村の向こうに広がるコッツウォルズの丘陵に目をやったのだ。村祭りで演奏しているバンドのかすかな音が伝わってくる。

それからアガサは大きなため息をつくと、静かに言った。

「そうね、もちろん、あなたの言うとおりよ」

「だけど、どうして？」

「自分がフォトジェニックじゃないことが悔しいのよ」アガサは言った。「たとえわたしが事件を解決しても、カメラマンや記者はあなたしか目に入らず、わたしが存在していることを忘れてしまう。ごめんなさい。最近、これまでの自分じゃなくなっていて」

「何があったんですか？」

「年のせいね、たぶん。最近の五十代は四十代だと世間では言われているけど、事情をよくわかっていないのよ。チャールズはやって来ては帰っていくし、ジェームズはわたしを仲間みたいに扱うし、シルヴァンは、わたしが何を発見したか探りたいから近づいてきただけだった。本当に憂鬱だわ。シルヴァンの悪事を見抜いたのは、本当はチャールズだったの。彼のアイディアだったのよ。トリクシーを発見したのはあなたたちだった。だから、外見や魅力を失いかけていることだけじゃなくて、探偵としての価値まで疑問に感じはじめていたところなの」

「あら、まさか！　月曜の朝にはこれまでの埋め合わせをするわ。さあ、一杯やりましょう。何を飲む？」

トニはたずねた。

トニはウォッカトニックを頼んだ。

アガサが飲み物を作りに席を立つと、トニは罠にはめられたような気がした。アガサが驚くほど正直に胸の内を打ち明けてくれたあとで、辞めるなんてとても言いだせなかった。

アガサは飲み物を持って戻ってくると、トニの悩んでいる顔を見た。

「今のことは忘れて」アガサはぶっきらぼうに言った。「怒鳴りつけて、くだらないことを言うんじゃない、って叱りつけた方が、あなたは気分がよかったんじゃない？」

トニは苦笑いした。「そんなところです」

「じゃあ、別の件について話しましょう。シルヴァンの死体はまだどこにも流れついていないんだけど、それが気にかかっているの。警察は事件の捜査を終了したけど、まだシルヴァンを捜している――でも、たいして熱は入れていないわ。フェリシティは密輸について何か知ったので、撃ち殺されたと考えている。ただ、ジョージ・ブロスはシルヴァンにだまされただけで無実だとみなしている。それがわからないのよ。あの男はどうしても信用できないわ。奥さんのオリヴィアと話せるといいんだけど。彼女はわたしを雇いたがったんだけど、夫がやめさせたの」

「事務所の仕事は順調です」トニは言った。「ヒューズに戻って、オリヴィアが買い物か何かで出かけたときにつかまえて話を聞いたらどうですか？」

アガサは明るい顔になった。「いい考えね。答えの出ない疑問がこんなにどっさりあるのに、事件を放りだすのがどうしてもいやだったのよ」

「変装して行った方がいいですよ」トニは不安そうだった。「ブロス＝ティルキントンが悪人なら、危険な目に遭うかもしれません」

「ありのままの姿で行くわ」アガサは挑戦的に言った。「ちょっと波風を立ててみる」

月曜の朝、トニを責任者として残していくとスタッフに伝えたが、いざ出発するときになって、アガサはチャールズに同行してもらいたくなった。しかし、その考えはすぐに捨てた。この事件で何か新しいことがわかるなら、自分こそが発見するつもりだった。

〈ジョリー・ファーマー〉にチェックインして、どこから始めようかと考えた。ダウンボーイズはとても小さな村だ。ダウンボーイズからヒューズまでの道のどこかで見張っていたら、オリヴィアがヒューズに買い物に行くために通り過ぎるかもしれない。このあたりもコッツウォルズと同じように時季はずれの暖かさで、そのおかげか記憶よりも友好的で、以前ほど威嚇的ではない土地のように感じられた。ダウンボーイズ村を出たところにある木立の下に駐車し、待つことにした。

時間がのろのろと過ぎていった。オリヴィアはもしかしたら村で買い物をするのかもしれない、とアガサは生あくびをしながら思った。午後遅くいったんヒューズに引き返し、暗くなってからダウンボーイズに戻って屋敷に明かりがついているかどうか確認してくることにした。オリヴィアとジョージが家にいないなら、これ以上時間をむだにするのは馬鹿らしい。

暗くなってから、ゆっくりと屋敷の前を通過した。一階の窓に明かりがついている。

さて、どうしよう？　アガサは頭をひねった。

さらに少し先まで車を走らせ、また停止した。電話をしたらオリヴィアが出るだろうか。しかし、電話したときにジョージが出たら、すぐに切っても誰がかけてきたか調べられ、以前にもかけてきた彼女の番号だとわかってしまうだろう。そうしたらヒューズじゅうアガサを追い回し、邪魔をするなと怒鳴りつけるかもしれない。

それでもダウンボーイズまではるばるやって来たのだから、思い切って試してみるべきだ。携帯を取り出し、電話をかけた。

オリヴィアが出たのでほっとした。「アガサ・レーズンです」彼女は早口で言った。「覚えてますか？　どうしているかと思って」

「話したいことがあるの」オリヴィアが小声で言った。

「会えますよ」急いでアガサは言った。「ヒューズの〈ジョリー・ファーマー〉に泊まっているんです」

「明日の朝十時に」オリヴィアは言って電話を切った。

とうとう何かがつかめるかもしれない、とアガサは元気が出てきた。シルヴァンがフェリシティを殺したとオリヴィアまでが本気で信じているなら、ミルセスターに戻って、もう事件のことでくよくよしなくてすむ。

アガサは翌朝を待った。十時が来て、過ぎていった。最初はパブのラウンジで待っていたが、外に出ると左右を見ながら通りで待つことにした。

正午には何かが起きたにちがいない、と考えた。車に乗りこむと、オリヴィアとすれちがうといけないので、近づいてくる車にいちいち目を向けながらダウンボーイズの方にゆっくりと走った。

救急車がやって来て、ヒューズの方に猛スピードで走っていった。オリヴィアとは関係がないといいんだけど、と思った。

屋敷まで来た。ゲートは閉まっている。ジェリー・カートンがいなくなってから、他の入り口も警備されているのだろうか。裏に回ってみることにした。誰も制止する人間はいなかった。

犬がまだいるのではないかと慎重に左右をうかがいながら、芝生を横切ってガラスドアの方へ向かった。リビングで女性が掃除機をかけていた。窓は開いていた。

女性はアガサを見て、掃除機のスイッチを切った。「どういうご用ですか?」

「ミセス・フェローズですか?」アガサはトニが話を聞いた掃除婦の一人の名前を口にした。

「いいえ、ミセス・ディミティよ。誰も家にいないわ。ミスター・ブロスは奥さんといっしょに病院に行ったから」

「何があったんですか？」アガサはたずねた。

「かわいそうに、奥さんが階段から玄関ホールに落ちて、手すりで顎の骨を折ったの」

「どの病院かわかります？」

「ヒューズ総合病院、たぶん」

アガサは急いで停めた車まで戻った。オリヴィアはたんに足を滑らせたの、それとも突き落とされた？　どうしても彼女に会わねばならなかった。

〈ジョリー・ファーマー〉で病院までの道順を聞いてメモした。医療用品店を見つけたので、白衣と聴診器を買った。

病院に着くと、駐車場で白衣をはおった。幸い、前の事件のときに参加した会議で使った名札がバッグに入っていたので、それを白衣に留め、携帯電話をポケットに滑りこませると、バッグは車のトランクにしまった。

首から聴診器をぶらさげて病院に入っていった。おそらくオリヴィアは個室に入っているだろう。正式なスタッフに見られるためには、さっさと歩かなくてはならないのがやっかいだった。歩いているあいだも、ばれるのではないかとびくついていた。

とうとう廊下の突き当たりで、ジョージが病室から出てくるのを見かけた。アガサは急いでいちばん近い病室に入った。

「ようやくかね」老いた声が憤慨したように言った。「おまるのことで、ずっとブザーを鳴らしてたんだよ。急いでおくれ。シーツを濡らしたくないから」

まばらな銀髪に皺くちゃの顔をした老女が、ベッドに横たわってアガサをにらみつけていた。アガサはバスルームに行き、いやいやおまるをとりあげた。自分の仕事じゃないと老婦人に言ったら、またブザーを鳴らすだろう。

部屋に戻っていき、上掛けをめくって、おまるを老婦人の体の下にあてがった。永遠にも感じられる時間がたってから、ぞっとする悪臭が立ち上ってきた。アガサはウエットティッシュがバスルームにあったことを思い出し、ひとつかみとってくると、患者の体を持ち上げてきれいにし、おまるをバスルームに運んでいった。身震いしながら中身をトイレに流し、おまるに消毒薬を吹きかけてから、急いで外に逃げだした。

年老いると、誰にでもああいう運命が待っているんだわ、とアガサは陰気に思った。ジョージが出てくるのを見かけた病室まで歩いていき、ドアを開けて滑りこんだ。

オリヴィアは目を閉じてベッドに横たわっていた。顎はワイアーで閉じられている。アガサはそっとベッドに近づいていった。「オリヴィア」ささやきかけた。「わたしよ、アガサよ」

オリヴィアは目を開け、怯えたようにアガサを見つめた。片手が掛け布団の下から出て、追い払う仕草をした。

アガサはベッドサイドテーブルにメモ帳を見つけ、こう書こうとした。「何があったの？」だが、「シルヴァンはどこ？」と書いた。

すると廊下を近づいてくるジョージの声がはっきりと聞こえてきた。「帰る前に妻と会って、居心地よくしているか確認しておくよ」

アガサはバスルームに飛びこみドアを閉めた。ドアには鍵がなかったが、年配者や病人がシャワーのときに使うスツールがあったので、それをドアの取っ手の下に押しこんだ。耳をドアに押し当てる。

声がこう言っている。「奥さまを眠らせてあげてください、ミスター・ブロス＝ティルキントン。大きなショックを受けているので休息が必要です。ちょうど鎮静剤を打とうとしていたところです」

「いい考えだ。誰とも面会させないようにしてくれ。いいね？　誰ともだ」

「もちろんです。受付にも伝言しておきます」

アガサは二人がいなくなるまで待ってからスツールをはずし、病室に出ていった。

オリヴィアは目を閉じていたが、涙が頬を伝っていた。「助けてあげる」アガサはささやきかけ、メモ帳を渡した。「急いで。鎮静剤が効いてこないうちに」

必死に努力して何か書くと、オリヴィアは枕に倒れこんだ。

アガサはメモ用紙を破りとり、急いで病室から出た。ようやく車に乗りこむと、安堵のため息をついた。ポケットから紙片を取り出して調べた。みみずののたくったような文字が書かれている。オリヴィアはこう書いていた。「ミロ、ランブラス通り、バルセロ……」

アガサは眉をひそめた。やっぱりシルヴァンは逃げおおせて、まだ生きていた。この情報を警察に伝えてもむだだ。ジョージはハネムーンをバルセロナで過ごしたとかなんとか言い逃れるだろうし、アガサを何かの罪で告発しかねない。

自分で行くしかなかった。スタッフには休みをとりたいと言えばいい。彼女の留守のあいだは、ひどい扱いをした償いとして、トニに責任者になってもらおう。ただのガセネタで何も出てこなくても、みんな、たんに休暇をスペインで過ごしただけだと思うだろう。

あと二週間は事務所の経営が順調なことを確認し、それから休暇をとることにした。

ただし、どこにいて、何をするつもりか、誰かに知らせておくべきだった。カースリーに戻ってきたときは暗くなっていた。教会には明かりがつき、まばゆい金色の光がアガサを出迎えていた。

チャールズがコテージにいたら彼に話し、いっしょに行ってもらおうと決めた。だが、コテージは暗くしんとしていて、猫たちが出迎えにやって来るパタパタという足音しかしなかった。

アガサは自分一人で何かを発見し、本当に優秀な探偵だということをどうしても示したかった。

アガサはバルセロナのランブラス通りにあるオープンエアのカフェにすわって、行き交う人々を眺めていた。ほとんどの人が、土曜日にはこうしてそぞろ歩いているのだろうか。こっちに歩いてきては、また港へと下っていく。朝早くにランブラス通りを見つけた。そこから延びる小路では、両側に背の高いマンションが立ち並んでいた。番地はわからないし、シルヴァンが現れるのを見張っていられるようなカフェも小路沿いになかった。そこでランブラス通りに腰をすえたのだった。もしシルヴァンが生きていて新しい船を買ったのなら、港からアパートに帰っていくときにきっとランブラス通りを通るだろう。

歩きまわっている人々を見つめているうちに目が疲れてきた。とうとう港に行って、ヨットを調べてみる方がよさそうだと思いついた。銅像のふりをしている路上パフォーマーの周囲に集まる群衆をかき分け、アガサは進んでいった。ジュリアス・シーザーの銅像のポーズをしている男を眺めながら、どうして動かずにじっとしていられるのだろう、と不思議だった。痛む股関節のせいで、港まではとても遠く感じられた。

ぽかぽかと暖かい陽気で、港に着くとヨットやクルーザーを調べながらぶらぶらと歩いた。

夕方には疲労を覚え、空腹で気力を失いかけた。レストランを見つけると、赤ワインの小さなデカンタとローストしたウサギを注文した。そのときガラス製灰皿が正面に置かれているのに気づいてうれしくなった。フランス人やイギリス人とちがい、スペイン人は禁煙法などに従わないのだ。

あと一日だけ滞在することにした。それからオリヴィアの走り書きのメモを警察に届け出よう。どうしてずっと持っていたのか、言い訳を考えねばならないが。

おいしいディナーで元気が出たので、タクシーでランブラス通りに戻り、最後にぐるっとひと回りしてみることにした。

狭い道の両側に高い建物が並んでいる。三十分ほど窓を見上げていて、これじゃどうしようもないわ、とあきらめた。

ランブラス通りの方に向かって暗い道を戻りはじめたとき、ふいに腕をつかまれて、何かが口に押し当てられた。アガサは足をばたつかせ、もがきながら、意識が遠のいていくのを感じた。

意識を取り戻すと、そろそろと目を開けた。両手は背中に回され、ダクトテープで縛られ、足首も同じで、水着を着せられていた。

じゃあ、これで終わりなんだ、とアガサは思い、涙をこらえた。海に捨てられるのね。

横向きに寝ていた。彼女が横たわっているベッド以外には硬い椅子と、聖母マリアを描いた下手くそな絵が壁にかけられているだけだった。

吐き気がこみあげてきたので、ベッドの端から体をのりだし床に激しく嘔吐した。ドアが開き、一人の女が入ってきた。ロマのようだった。浅黒い肌に大きな茶色の目、ごわついた量の多い黒髪。

何かつぶやくと、バケツとモップを持って戻ってきて、掃除を始めた。「助けて」アガサはくぐもった声で訴えた。

女はモップをかけ続けている。アガサは絵を見つめ、必死に言った。「聖母さま（マドレ・デ・ディオス）」

女はぎくりとしたが、十字を切るとバケツとモップを手に部屋を出ていった。

アガサはまた意識を失った。再び気づいたとき、部屋は暗くなっていた。聖母の肖像画の下で、キャンドルが一本だけ燃えている。アガサの顔はほてってひりひりしていた。クロロホルムね、と苦々しく思った。そのうち顔じゅうが猛烈に痛くなるだろう。

隣の部屋からフランス人の声が聞こえてきた。「どうしたらいいかわかってるな、マリア。彼女を始末するんだ」

さっき来たマリアが注射器を手に入ってきた。彼女はマリア像の前にひざまずいてから、ベッドに近づいてきた。「お願い」アガサはささやいた。「お願い（ポルファボール）」

マリアは唇に指をあてがうと、注射器をマットレスに突き立てて空にした。アガサの手首と足首からテープをひきはがした。それからそっとアガサの目を閉じた。

「死んで」彼女は耳打ちした。「死ぬふり」

アガサはうなずいた。

三十分が過ぎた。二人の男が部屋に入ってくるのがわかった。彼女は抱き上げられ、片方の男の肩にかつがれた。そのときシルヴァンの声が聞こえた。

「その女はすごく重いだろ」

「ここから連れだせ」ジョージ・ブロス！　まちがいなくジョージの声だった。

アガサが必死になって死んだふりをしていると、袋に詰めこまれた。階段を運ばれていくとき、脚が手すりにガツンガツンとぶつかった。

「トランクに入れろ」シルヴァンが命じた。

彼女はトランクの中に放り投げられ、蓋がバタンと閉まる音がした。

車は砂利道を揺れながら進んでいった。それほど遠くまで行かなかった。またトランクの蓋が開けられると、潮の匂いがした。

シルヴァンは彼女を肩にかついだ。

「これが最善の方法なのか？」ジョージの声が聞こえた。

「安っぽいありふれた船が必要だ。こいつだ。海に出たら、袋から出して海に捨てろ。数時間のうちには世間に死んだことが知らされるだろう。おれはここで待っている」

アガサは船に乗せられると体が揺れるのを感じた。それから袋ごとひきずられていき、頭と脚を階段に打ちつけながら船室に下ろされた。

寝台らしきものの上に放り投げられると袋がはずされ、ジョージの去っていく足音が聞こえた。

アガサは目を開けた。ひどく汚くて臭い船室にいた。エンジンがかけられた。体がとてつもなく弱っていることに気づいた。どうにか甲板まで上がって、できるだけ早く船べりを越えなくてはならない。

恐怖が力を与えてくれた。ふらつく足で立ち上がると、階段を上がっていった。ジョージは舵輪のところにいたが、エンジンの音にかき消され、彼女が階段を上がる音には気づかなかった。

アガサはそっと彼から離れて船尾に向かった。だが、船尾のプロペラに巻きこまれたら危険かもしれない。船尾から少し離れると、ありったけの勇気を振り絞って船べりから水に飛びこんだ。

海に落ちると、塩辛い海水にむせた。キックして水面に浮かび上がると、心が沈んだ。港の明かりはとても遠く、あんなところまで泳ぐ体力はとうていなさそうだった。

そのとき、大きな爆発が起きて、水面が明るくなった。ジョージが操縦している船が爆発して燃え上がったのだ。

シルヴァンはジョージとアガサの両方を消すつもりだったのだ。港から警察艇がすごい勢いでやって来る。強力なライトが海面を照らした。アガサは水をかきながら、夢中で手を振った。

警察艇はアガサのそばに来ると、すぐに力強い手で船に引き揚げてくれた。英語を話せる警官が彼女のところにやって来た。アガサは何が起きたかを説明し、インターポールで指名手配されているシルヴァン・デュボアが生きていることを伝えた。

それから生まれて初めて、手強いアガサは気絶した。

アガサは病院の個室のベッドで意識を取り戻した。どうにか体を起こして枕に寄りかかると、スペイン人の刑事たちがベッドのわきにすわっていた。一人が英語で言った。

「すぐに話してください、何があったんですか？　ランブラス通りのアパートは発見したが、誰もいなかった」

アガサはオリヴィアがバルセロナの通りの名前を教えてくれたところから、すべてを語った。スペインに来て、自分で調べてみようと思ったのだと。ただし、マリアのことは唯一思い浮かんだスペイン人の名前「カルメン」だと言い、まるでちがう人相を伝えた。薬を打たれ、水難事故に見えるように海に捨てられたこと、さらにジョージ・ブロスがその悪巧みに加担していたこと。シルヴァンは二人とも殺すつもりでいた。シルヴァンはすでにイギリスに向かい、オリヴィアを始末するつもりなのではないかとふいに恐怖を覚えた。だが、刑事たちがオリヴィアは保護されていると言ったので、アガサは胸をなでおろした。

その日遅くなって、スペイン人刑事たちは特別捜査班のイギリス人刑事たちと交替した。アガサはまた最初から話を繰り返さなくてはならなかった。一人の刑事が言った。

「メディアが外で騒いでいますが、新聞に記事を載せるのを差し止めるつもりはありません。すべての人に警戒してもらえますからね。シルヴァン・デュボアをつかまえた人には、報奨金を出すつもりです」

「鏡をちょうだい」アガサは命令した。

看護師が手鏡を持ってきたので、アガサはぞっとして悲鳴をあげた。顔はクロロホルムのせいで赤くただれ、髪の毛はぺちゃんこになっていた。

「メイクしないと」アガサは叫んだ。「それから美容師を呼んで」

アガサの話はあらゆるテレビで放送され、ヨーロッパとイギリスのすべての新聞で報道された。

ピレネー山脈の高地にあるロマの居住地に戻ったマリアは、アガサの手柄を読んで、無事に逃げおおせたことをうれしく思った。彼女はシルヴァンに恋をし、彼に夢中になっていた。ただし、彼が殺人者だと知った、あの夜までのことだ。

ロイ・シルバーは自分も宣伝にひと役買えたし、バルセロナに連れていってくれてもよかったのに、と不満だった。

チャールズとミセス・ブロクスビーはアガサが死にかけたことでショックを受けた。牧師館の庭にすわり、チャールズは言った。「ゆうべアガサをテレビで見ましたけど、すごく顔が白かった」

「それはたぶん濃いメイクのせいよ」ミセス・ブロクスビーは言った。「クロロホルムを嗅がされたと言っていたし、肌にやけどを負ったんでしょう。ミスター・レイシーはどこにいるのかしらね」

そのとき、ジェームズはアガサのベッドのわきにすわって、彼女に説教をしていた。

「きみの記事を読んで目を疑ったよ。すぐに警察に行くべきだったんだ」

「ああ、もうお小言はやめて」アガサは言った。彼女は気分が上向きになりかけていた。「実はね、自分の探偵としての才能に疑問を感じはじめていたのよ。だけど、能力を証明できたわ」

「きみは探偵というよりつながれたヤギだよ」ジェームズは言った。「ともあれ、明日には家に帰れるそうだから、わたしがボディガード役を務めることにしよう」

「それはご親切に」ジェームズのハンサムな顔を眺めながら、どうしてドキドキしないのかしら、と不思議だった。

「オリヴィアはもう何か話せるの？　誰が娘を殺したのか知っているのかしら？」

「シルヴァンが犯人にちがいない。どうやらオリヴィアは密輸に関しては何も知らなかったようだ」

アガサは警察から英雄のようには出迎えられなかった。ミルセスター警察はヒューズ警察同様、彼女に腹を立てていたのだ。でもジェームズがいい弁護士を手配してくれたおかげで、警察の捜査妨害で法廷に立つことをまぬがれた。

それから事務所の問題をきちんとしなくてはならなかった。新しい二人の探偵、ポール・ケンソンとフレッド・オースターは、トニみたいな若い子がボスだということに文句をつけ、命令に従おうとしなかった。

警察の聴取で不機嫌だったアガサは二人を怒鳴りつけ、クビにすると脅し、拒否した仕事をやるように追いだした。夕方になるとジェームズが事務所にやって来て、アガサをディナーに連れだした。アガサはハンサムな男性といっしょのところを目撃されるのが楽しみだった――でも、それだけだ。

おまけにジェームズは気前よくシャロンとトニまで誘った。トニはちらっとアガサの顔色をうかがい、自分もシャロンもディナーに行く格好をしていない、と断った。しかしジェームズがとても熱心に誘ったので、いっしょに行こう、とアガサは言うしかなかった。

シャロンは眉毛を剃って二本のアーチを描いていたので、丸顔はびっくりしたような表情になっていた。さらにノーズスタッズもつけていた。赤く染めた髪にはブロンドの筋が入り、豊かな胸の谷間が深い襟ぐりのブラウスからのぞいている。トニは色あせたTシャツにジーンズだった。しかし、二人も上機嫌で、ジェームズは二人に保護者のような笑みを向けていた。

そのとき、アガサは自分だけの男性がほしい、と痛烈に感じた。ジェームズはお兄さんのような存在になってしまった。チャールズは来たと思えば帰るし、ロイはたまに訪ねてくるだけだ。しかし、そばにいてくれる彼女だけの男性がいれば、年をとってからのパートナーにも守護者にもなってくれるだろう。というのも、シルヴァンの影がずっとつきまとっていて不安だったからだ。

「何を考えているんだい？」ジェームズがいきなりたずねた。

「ああ、あれやこれやよ」アガサはあいまいにかわした。実は高級結婚紹介所について耳にしたことを思い出していた。大金を払えば、望みをかなえてくれるところだ。

「試してみるわ」彼女は声に出して言った。

「何を試すんですか？」シャロンがたずねた。

「デザートよ」アガサはごまかした。

9

一カ月後、アガサは初めてのデートのために念入りに身支度を整えた。胸が高鳴っていた。ドレッサーの鏡に貼りつけてある写真を見る。豊かな茶色の髪で感じのいい笑顔の中背のスリムな男性。なによりも彼は男爵だった、サーラム卿。趣味——上等なワイン、読書、田舎の散歩。

彼はオックスフォードシャーに地所があり、オックスフォードの〈ランドルフ・ホテル〉のレストランで会うことになっていた。

アガサはデートに向かいながら、わくわくする夢想に浸っていた。〈タイムズ〉に載る結婚予告の記事が目に見えるようだ。彼女はレディ・サーラムになるのだ。村祭りを主催し、すぐれた手腕をふるうだろう。なんて慈悲深い夫人だろう、と村人たちはほめそやすだろう。サーラムは妻に先立たれていた。相手が一度結婚しているなら、気を遣わずにすむ。

ホテルの駐車場に車を停めると、アガサは〈ランドルフ〉に入っていき、ダイニングルームに向かった。

「サーラム卿のテーブルよ」アガサは給仕長に威厳たっぷりに伝えた。

窓辺のテーブルに案内された。時間通りに着いたのに、サーラム卿の姿はなかった。アガサは車で帰るつもりだったので、お酒は控え目にしようと思っていた。結婚相談所からは、お互いを知るためにじっくり時間をかけるべきだ、と厳しいアドバイスをもらっている。しかし、十五分が過ぎても男爵は現れなかった。ついにアガサはジントニックを注文した。

さらに十五分が過ぎ、もう帰ろうかと思いかけたとき、小太りの男がテーブルに案内されてきた。アガサは目を丸くして彼を見つめた。「サーラム卿？」

「ええ、そうですよ」彼は椅子にすわると、ナプキンを広げた。ずいぶん若いときの写真を送ったにちがいない、とアガサは心が沈んだ。彼の髪の毛は灰色だった。顔は丸く、ぎょろ目で小さな口。いいえ、友人の写真を送ったんだわ、と彼女は思った。

彼はアガサに微笑みかけた。「このディナーの目的はお互いを知ることですよね。ですから、わたし自身についてすべてをお話しします」

そして、彼はそれを実行した——長時間にわたって延々と。人生の物語が中断したのは、料理とワインを注文するときだけだった。子ども時代、乳母、弟と姉妹、学校、大学、軍隊についてぺちゃくちゃしゃべり続けた。アガサがもはや聞いていないことに気づいてすらいなかった。

とうとう、アガサはもうこれ以上我慢ができなくなった。コーヒーが運ばれてくると、彼女は立ち上がった。

「お化粧直しですか?」彼はたずねた。

「ええ」

アガサはフロントに行くと、コンシェルジェに言った。「給仕長にわたしの分の勘定書きを持ってくるように言っていただけない? 今すぐ支払いたいの。わたしが帰ることはお相手には言わないでちょうだい」

支払いは完了した。アガサは夜の中に飛びだしていった。結婚紹介所には大金を払っている。朝になったら連絡をとろう。

紹介所はひたすら謝るばかりだった。さらに一年以内にふさわしい人と出会わなかったら、入会金のうち三分の二を返金する、とも言った。

希望がアガサの胸でふくらんだ。たぶん次の人は夢の男性にちがいない。次に写真を送ってくるときは、現在の写真にしてほしい、とアガサは紹介所に念を押した。

しばらくのあいだ紹介所に登録されている男性は、誰もアガサ・レーズンを魅力的だと思わないようだった。そんなある朝、相談所から写真と履歴書が送られてきた。次の候補者は大学教授だった。写真には、アガサと同世代の眼鏡をかけ長身でやせた男性が写っていた。ツイードのジャケットにフランネルのズボンという服装で、口はいささかカエルみたいだ。ジョン・ベリー。会ってみてもいいかもしれない、とアガサは思った。

ロンドンのチャイナタウンのレストランで会うことになった。アガサは列車でロンドンに行くことにした。着心地のいいパンツスーツにウォーキングシューズをはいた。デートの前にロンドンの美容院に寄る予定だった。髪をきちんと整えてもらうと、自信を感じられるからだ。

レストランに入っていくと、シルヴァンの記憶が甦り不安になった。ここのスタッフのうち何人がイギリスに密入国してきたのだろう、と考えずにいられなかった。

写真で見たとおりのデート相手がいた。彼は立ち上がって、魅力的な微笑を向けてきた。アガサは心がはずんだ。

しかし、すわったとたん、こう確認されたので、楽しい気分はちょっとしぼんだ。

「最初のデートでは割り勘にするというルールはご存じですよね」

「ええ、もちろん」

彼はいちばん安いセットメニューを注文しようと提案した。この人はこんなに高い結婚相談所の費用をどうやって払ったのだろう、とアガサは不思議になった。写真と同じツイードのジャケットに、開襟のアロハシャツを着ている。

「あなたの履歴書だと」と彼は口を開いた。「経営者だそうですね。どういうお仕事ですか？」

「探偵事務所をやっています」アガサは言った。

「スパイなのか！」彼は叫んだ。

「私立探偵です」アガサは冷たく言い返した。「人々はわたしを雇って――」

彼の目が分厚い眼鏡の向こうで光った。「政府のためにスパイしているんだな」

「ちがいます！」

「あんたたちは必ず嘘をつく。だから、わたしは原子力発電所反対のデモ行進をしたんだ」

「馬鹿馬鹿しい」

「わたしを馬鹿にするな。わたしの携帯は盗聴されているにちがいない。あんたはいかにも政府が雇いそうな人物だ――きどった金持ちの女性だからな」

「わけのわからないことばかり言わないで」アガサは叫んだ。「偏執症よ！」

「偏執症なんて呼ぶな。あんたらのことはよくわかってるんだ」

「席を立って、店から出ていく前に」とアガサは感情を押し殺した声で言った。「伴侶を見つけるために、どうしてこんな高い結婚相談所に申し込んだのかだけ教えて」

「父が死んで大金を遺してくれたからだ。いっしょに闘ってくれる同じような思想の人を探しているんだ」

アガサは財布を取り出すと、勘定の半分に相当するお金を置いた。

「くそくらえよ」そう叫ぶと、立ち上がってレストランから出ていった。

もうこれっきりだわ、と彼女は思った。今夜のためにホテルを予約していた。朝になったら相談所に行き、思いの丈をぶちまけてやろう。

朝になると、ホテルからサウス・モルトン・ストリートのダイヤモンド結婚相談所まで歩いていった。オフィスは大騒ぎになっていた。二人の妙齢の女性がファイルを箱に詰めている。一人はあきらかに泣いていた。「アマンダはどこ？」アガサは経営者の名前をたずねた。

「倒産したんです」一人の娘が言った。「青天の霹靂（へきれき）です。あたしたちは荷物を詰めて出ていきます」

「なんですって？　お金を返してちょうだい」アガサはいきりたった。「アマンダ・カールソンはどこにいるの？」

「ひどいショックを受けて家にいます」

「で、彼女の家はどこなの？」

「ケンジントンのキーナンス・ミューズです。動物病院の隣ですよ」


アガサはタクシーでケンジントンに向かい、小路を歩いていき、アマンダのドアベルを鳴らした。二階のカーテンが揺れたが、誰も出てこなかった。

アガサは郵便受けの隙間から怒鳴った。「このドアを開けなさい。さもないと派手な騒ぎを起こして、近所じゅうに倒産のことを知らせるわよ」

足音が階段を下りてくるのが聞こえた。ドアが開くと、アマンダが立っていた。彼女は四十代で、髪をきっちり整え砂時計のようなスタイルをした見栄えのいい女性だった。

「ああ、あなたね」彼女はそっけなく言った。「そうだと思った。どうぞ入って」

アガサは彼女のあとからリビングに入っていった。ひそかに「上流きどり」だと馬鹿にしている家具調度品が並んでいる。貴族の田舎の屋敷を模したインテリアだ。

「あなたはこの家を所有してもいないんでしょ」アガサは言った。「お金を返してもらいたいの。頭がおかしかったにちがいないわ。一万ポンドも払って、これまでに会ったのはたった二人よ」

「ごめんなさい。まるっきりお金がないのよ」

「絶対に隠し持ってるはずよ。あなたは税務署からお金を隠すタイプだもの。それをとってきて。さもないとこれから新聞社に行くわ」

「この性悪女！」アマンダは叫んだ。「ここで待っていて」

アガサはいらいらと待っていた。ようやくアマンダは階段を下りてきて、お札の袋を渡した。「有り金すべてよ」不機嫌に言った。

アガサは袋をひったくるとバッグに押しこんだ。外に出て、ドアを乱暴に閉めた。

モートン＝イン＝マーシュの駐車場で車に乗り、カースリーめざして走りはじめてから、ファイルも返してもらい、相談所のパソコンからはデータを消去してほしい、と要求すればよかったと思いついた。

しかし、またはるばる引き返すのは面倒だった。それに、なぜか電話するのすら気が進まなかった。だまされたことが恥ずかしくてたまらなかったのだ。そこでミセス・ブロクスビーに会いに行き、お相手を見つけるためのむだな努力について、初めて友人に打ち明けた。

ミセス・ブロクスビーはアガサが会った二人の男性の描写にふきだしそうになったが、アガサがあまりにも動揺している様子だったので、笑いをひっこめた。アガサが話し終えると、彼女は穏やかに言った。「最初に相談所について調べなかったの？」

「そうするべきだったけど、ちゃんとした会社のように見えたのよ。以前経営していた会社の近所だったし、あらゆる高級誌に宣伝を載せていたから。お金は取り返したわ。今回のことはいい経験だと思って、仕事に戻った方がよさそうね」

「男性がそんなに重要なの、ミセス・レーズン？　あなたは自立した女性だと思っていたわ」

アガサはため息をついた。「休暇にいっしょに出かけたり、一日の終わりに事件について語り合ったりする人がいたら、すばらしいだろうなって思って」

「思ってもみないときに、誰かが現れるものよ」ミセス・ブロクスビーは慰めた。

「そういえば、きのうミスター・レイシーがあなたを捜していたわ」

「あら、あの人がどういう用だったの？」

「ただ話をしたかっただけじゃないかしら」

「もう以前と同じ目で彼を見られないの。最初は修道士になりたいと言って、わたしたちの結婚生活を終わりにした。それから、自分の半分の年齢の女性と婚約し、わたしの前で彼女を見せびらかす真似をした。もう彼には何も感じないわ」

「だけど、これまではいろいろ話し合っていたんでしょ。シルヴァンの目撃情報はあるのかしら？」

「何も、聞いた限りでは」


アガサはコテージに戻った。冷凍庫から魚を見つけだし、解凍して猫たちのためにゆでてやった。二匹とも、置いていったドライフードにはほとんど口をつけていなかったのだ。

それから隣に行き、ジェームズのコテージのドアベルを鳴らした。彼はドアを開け、アガサに微笑みかけた。「きのう、きみを捜していたんだ」

「ロンドンにいたの」彼のあとから家に入っていき、ソファにすわった。

「コーヒーは？」

「お酒がいいわ」

「いいとも。たしかジントニックだね。だけど、煙草はだめだよ！」

ジェームズは飲み物を持って戻ってくるとたずねた。「シルヴァンの消息は？」

「全然」

「オリヴィアが何も知らないというのはまちがいないのかい？」

「警察はそう信じてる。彼女には自分の財産があるのかしら。というのも、警察はありったけのものを差し押さえようとしているの。家も何もかも犯罪行為の結果だとして」

「彼女に会いに行ってもいいね。よかったらいっしょに行くよ」

アガサはうめいた。「ダウンボーイズまで長時間運転するかと思うと、うんざりだわ」

「運転はわたしに任せて」

「わかった。でも、明日ね。これからオフィスに行って様子を見てこなくちゃならないから」

ダウンボーイズはアガサの記憶どおり、どこもかしこも閑散としていた。二人は屋敷に向かった。だが、外には「売り家」の看板が立ち、誰もいなかった。

パブに行き、オリヴィアがどこに行ったのかたずねてみた。一人の女性が、オリヴイアはブライトンの姉のところに滞在している、元掃除婦のミセス・フェローズかミセス・ディミティが住所を知っているんじゃないかと教えてくれた。ミセス・フェローズはさんざん探してから住所のメモを見つけてきた。

「ステインの近くのボウ広場五番地になってますね」

「ブライトンからそんなに遠くないな」ジェームズが言った。

彼は何も感じないのかしら？　アガサはジェームズの横顔を見ながら思った。わたしたちは結婚していた、愛を交わした。にもかかわらず、まるで同性の旧友同士のようにここにいる。

ボウ広場は実は広場ではなく袋小路で、石畳の通りにはペンキ塗りのきれいなこぢんまりした家々が並んでいた。

ドアに出てきたのはがっちりした灰色の髪の女性だった。「オリヴィアと話したいんですが」アガサは言った。

「新聞社の人？」

「いいえ、これが名刺です。オリヴィアはわたしを知ってます」

「そこで待っていて」彼女は二人の鼻先でドアをバタンと閉めた。

ずいぶん長いこと戻ってこなかったので、オリヴィアは会うつもりがないのかもしれないと思いかけたとき、ドアがようやく開き、中に入るように言われた。

オリヴィアは居心地のいい一階のリビングにいた。体重は減ったが、落ち着いているようだった。

「姉のハリエットよ」オリヴィアは紹介した。「ハリエット、アガサは娘に何があったのか調べてもらうために雇った私立探偵なの。ジェームズは娘と婚約していた方よ」

「結婚式のときに会った記憶があるわ」ハリエットはジェームズに冷たい視線を向けた。「二倍の年齢なんて年上すぎるって思ったものよ」

「二人ともすわってちょうだい」オリヴィアが言った。「ちょっと席をはずしてもらってもいい、ハリエット？」

ハリエットは足音も荒く出ていった。オリヴィアは嘆息した。「姉は過保護なの」

「シルヴァンがどうして結婚式の日にお嬢さんを殺したのか、ご存じじゃないかと思ったものですから」アガサは切りだした。

「でも警察はどうやって彼が実行したのか解明していないのよ。彼には完璧なアリバイがあったから」オリヴィアは言った。

「お嬢さんは密輸について知っていて、結婚した夫に話すとか、そんなことを言ったんでしょうか？」

「娘は無知だったわ、とことん。子どもみたいな子だったのよ。夫とわたしは別々の寝室で寝ているんだけど、娘は夜中にときどきわたしのベッドに来て、お話を読んでくれとせがんだわ。小さなときに読んであげてたみたいに。警察ではシルヴァンが誰かを雇って殺させたと考えているようね」

「違法なことがおこなわれている可能性に、あなたはまったく気づかなかったんですね。理解に苦しむんですけど、オリヴィア」

「まさか気づくわけないでしょ？　ジョージはスペインの不動産取引で莫大なお金を儲けたのよ。船が大好きだと言っていたし、わたしは船酔いするから、彼が一人で、ときにはシルヴァンと出かけてくれてほっとしていた。シルヴァン！　いまだに信じられない。夫婦二人とも彼に魅了されてたの。フェリシティは結婚したがったほどよ。ホワイトウェディングはあの子の夢だったの。本当に子どもだったから。校長先生には知的な発達が少し遅れていると言われた。でも、とてもやさしい子だった。あの子の外見をすっかり変えるために、ジョージはひと財産費やしたのよ。脂肪吸引術とか、カリフォルニア一の整形手術の名医とか、パーソナルトレーナーとか、最高のものを与えた。女性が美しければ、男性は頭が弱いことに気づかない、ってシルヴァンが言ったの」

ジェームズは真っ赤になった。

「シルヴァンはあの子には年上の男性が合うって言っていた。考えてみると、彼は操り人形さながら、陰で糸を引いていたのね」オリヴィアは言った。「もうこれ以上涙が出ないってほどさんざん泣いたわ。シルヴァンは見つかるかしら？」

「そう願ってるわ」アガサは言った。「ただ、先にわたしが彼に見つかるんじゃないかと不安だけど。ご主人がいなくなって寂しい？」

「わからない。すごく横暴な人だったし。わたしは怒鳴られたり命令されたりすることに慣れてしまっていたから、妙な感じなの——空っぽになったみたいな。彼のことは考えたくないわ。あんな死に方をしたのは気の毒だけど、娘を殺したかもしれない男の言いなりになっていたんだと思うと……」

ハリエットが部屋に入ってきて無愛想に言った。「そろそろお引き取りいただけるかしら」

「むだな旅だったかもしれないな」カースリーに向かって走りだすとジェームズが言

った。

「そうでもないわ。オリヴィアは演技をしていたんじゃなかったのよ。たんに単純なだけだった。少しずつ筋が通ってきた気がするわ」

「戻ったら、ディナーをいっしょにどう？」

「いいわよ。でも、パブでいいわ」

「だけど、煙草は吸えないよ」

「あら、吸えるわよ。ジョン・フレッチャーは屋外席にヒーターを置いてるもの」

チャールズがやって来て、ディナーに加わった。気楽でくつろいだ食事になった。最近のフェミニストはわたしをどう思うかしら、とアガサは考えた。わたしは仕事で成功し、友人もいる、と指摘するだろう。どうして男性を求めているのか？　セックス？　フェミニストたちはセックスなんて簡単に手に入ると非難するにちがいない。だけど、わたしがほしいのは愛なのよ、とアガサは思った。気分を高揚させ、自分は大丈夫、という喜ばしい励ましを与えてくれるのは愛なのだ。中年女性のうんざりするようなメンテナンスですら楽にしてくれるものは、愛だ。

しかし、アガサはつらい経験から、ひとつ教訓を学んだ。二度と結婚相談所はごめんだ。

数週間後、アガサは「アリスト結婚相談所」とエンボス加工された手紙を受けとった。弊社はダイヤモンド結婚相談所のオフィスを引き継いだと説明されていた。ダイヤモンドはクライアントの名簿をアリストに売ったのだ。履歴の消去をお望みでしょうか？　そうでなければ、とてもふさわしい男性を何人かご紹介するご用意があります。お好みの方が見つかるまでは料金はいただきません。

アガサの胸でまた希望がふくらんだ。ただし、常識の声がとりあうな、とささやいていたが、折しもクリスマスが近づいていた。一人きりではいたくなかった。快適な田舎の邸宅を所有する、長身でハンサムな男性を思い浮かべた。屋敷には犬がいて、暖炉では薪が燃えている。長い散歩をして帰ってきたら、夜はうちとけたディナーをとる。それから手をつないで階段を上がって寝室に行き、彼は言う……。

「終わりました、アガサ」掃除をしてくれているドリス・シンプソンが呼びかけた。アガサの夢のしゃぼん玉ははじけ、ドリスに支払いをした。しかし、その日、また夢は戻ってきた。

とうとう相談所にメールして、自分に合いそうな男性がいたら、写真を添えてメールしてほしい、と伝えた。

翌日返事が来た。名前はジェフリー・カムデンだった。すらっとした長身で、ふさふさした灰色の髪をしていた。田舎の邸宅の階段に猟犬二匹といっしょに立っていた。妻に先立たれ、狩りと釣りと、ロンドンに芝居を観に行くことが趣味だと書いてあった。彼はすでにアガサの写真を見て履歴書を読んでいた。

ミセス・ブロクスビーならすべて忘れた方がいいと言いそうだったが、とにかく相談してみることにした。日曜の夜だった。牧師の妻に電話すると、これからすぐに行くと言ってくれた。「アルフが日曜の夜のせいで頭が痛くなって、クマみたいなの」アルフというのは彼女の夫で、日曜の夜なら、宗教的に高められたと感じるはずじゃないのかしら、とアガサは首をかしげた。

ミセス・ブロクスビーはソファの羽毛のクッションにほっとしたようにもたれ、シェリーのグラスを受けとるとたずねた。「何があったの？」

アガサはメールをプリントアウトしておいたので、それをミセス・ブロクスビーに見せた。

「まず彼について調べ、話どおりの人かどうか確認した方がいいと思うわ」ミセス・ブロクスビーは言った。「お屋敷を持っているなら、『紳士録』に載っているかもしれない。うちにある？」

「五年ぐらい前のものだけど。待ってて。とってくるわ」

アガサは本を持って戻ってきて、名前を探した。「ああ、よかった。ここに出てる。陸軍の元少佐。死別。住所、シュロップシャー、アブトン・パーヴァ、グレンジ邸。趣味――メールのとおりね。年齢五十五歳」

「まずロンドンに行って、相談所を調べた方がいいかもしれないわ。有能かどうか嗅ぎだしてくるのよ」

「彼としばらくメールのやりとりをしてみようかと思ってるの。前の相談所の履歴書には『探偵』とは書かなかった。仕事のことを伝えても躊躇しないようなら、チャンスがあるかもしれない」

二週間にわたるメールのやりとりで、アガサはこのジェフリーをとてもよく知った気になった。彼は田舎の生活を描写し、近隣の村の人々や、ときどき意見が対立する牧師について語り、近々ロンドンに行くつもりだと言った。

最後のメールでは、ロンドンでディナーをとらないかと提案してきた。

アガサは承知した。驚いたことに、彼は前回のデートで相手と会ったチャイナタウンのレストランを指定してきた。アガサはできたら別の場所の方がいいと答えた。

返事がないまま三日たった。アガサは仕事にほとんど集中できなかった。そこへようやくメールが届き、セント・キャサリン・ドックにある〈ライフボート〉というレストランで土曜の夜八時に、と連絡してきた。

アガサは大喜びで了解した、とメールし、ミセス・ブロクスビーにいい知らせを伝えた。それから土曜の朝にエステと美容院の予約を入れた。


土曜の午後、ミセス・ブロクスビーは歯科医院の待合室にすわっていた。詰め物がとれてしまったのだ。週末は大半の医院がお休みなので、予約がとれてほっとした。ただし民間の歯科医だったので、治療費があまり高額にならないことを祈った。彼女の前に診察室に入った女性はとんでもなく時間がかかっているようだ。ミセス・ブロクスビーは本を持ってこなかったのを悔やんだ。

〈カントリー・ライフ〉をぱらぱらとめくった。雑誌にもっと小説を載せてくれればいいのに。かつて〈グッド・ハウスキーピング〉はルース・レンデルのような作家の小説を連載していたものだ。

見開きの写真ページを開いた。とたんに目を疑った。ジェフリー・カムデンの最近の結婚を特集した記事だったのだ。震える手で携帯電話を取り出すと、シュロップシャーのグレンジ邸のジェフリー・カムデンの番号を問い合わせた。番号がわかると、つないでくれるように頼んだ。女性が電話に出てきた。ミセス・ブロクスビーはミスター・カムデンと話したいと言った。

「わたしはミセス・カムデンです。ジェフリーは旧友に会うためにロンドンに行ってます。明日まで帰ってきません」

アガサに警告しなくてはならない。ミセス・ブロクスビーはアガサの携帯に電話した。電源が切られている。

それから、つい最近結婚したジェフリー・カムデンは妻を裏切るタイプの男なのだろうかと考えた――結婚相談所なんかに登録しているのだから。

そのとき、ぞっとする考えが浮かんだ――シルヴァン。

シルヴァンがアガサをだまそうとしているのだったら？　せっぱつまった彼女は、トニに電話して状況を説明した。トニはビル・ウォンに連絡し、自分でロンドンに行く、と言った。ビルは真剣に聞いてはくれたが、そんな憶測だけではスコットランドヤードに通報できないと答えた。インターポールではまだシルヴァンを捜しているので、姿を見せるつもりはないだろう。それでも、ビルはトニといっしょにロンドンに行くことにした。

ロンドンへの途中、トニはジェームズとチャールズに電話し、ロイ・シルバーにも連絡した。しかしロイは留守だった。彼女はセント・キャサリン・ドックに行ってアガサに警告するように、という伝言を残した。

アガサはレストランに十分早く到着した。レストランはとても暗かった。背後でウエイターが何か飲むかとたずねた。アガサはカンパリソーダを注文した。飲み物が来ると、それをひと口飲み、メニューを眺めた。彼女が大嫌いなきざな名前のメニューだった。お二人用の船長のテーブル・スペシャル、ダーティー・ディックのエビカクテル、フック船長のタラの唐揚げ、といったものだ。

少し頭がふらふらしてきた。携帯電話を取り出して電源を入れた。彼が遅れていて連絡をとろうとしているといけないと思ったのだ。

伝言のトニの声が聞こえてきた。「そこから出てください、アガサ。それ、罠です。たぶんシルヴァンです」

アガサはあわてて立ち上がったが、足がよろめいて倒れそうになった。フランス人の声が愛想よく言った。「ご婦人は少し飲みすぎたようですね。外にお連れしましょう」

アガサは叫ぼうとしたが、レストランがぐるぐる回り、なぜか声が出なかった。悲鳴をあげようとしても小さなくぐもった声しか出せない悪夢の中にいるみたいだった。

アガサはカンパリソーダをひと口飲んだだけだ。洗練された飲み物だと思って注文したが、実はそれほど好きではなかった。

外の空気で頭が少しはっきりし、弱々しくもがきはじめた。「背中に銃を押し当てている」シルヴァンが言った。「悲鳴をあげたら、命はないぞ」

ビルはトニを従えてレストランに飛びこんでいった。トニがまず目にしたのは、椅子の上に置かれたアガサのバッグだった。「この持ち主の女性はどこですか？」トニは叫んだ。店長が出てきた。「女性はめまいを起こしたようだったので、ウェイターの一人が外に連れだして新鮮な空気に当たらせています」

「ウェイターはフランス人？」

「ええ、急病になったウェイターの穴埋めで来てくれたんです」

ビルは携帯電話を取り出し、スコットランドヤードに電話し、トニは埠頭に急いだ。セント・キャサリン・ドックはロンドンの係留所と呼ばれているように、クルーザーやヨットがたくさん停泊していた。トニは船を眺めていた老人に近づいていった。

「今、出航した船があります？」彼女はたずねた。

「ああ。大きなエンジンのついたクルーザーだった」

「名前は？」

「え？」

「船の名前よ」トニは怒鳴った。

「〈ヴェルサルス〉」

「〈ヴェルサイユ〉？」

「かもな。フランス語の名前だと舌が回んねえんだ」

ビルがやって来た。「水上警察がすぐに来る。彼女が船から落とされる前につかまえないと」


アガサはシルヴァンをじっと見つめていた。二人は船のキャビンで向かい合わせにすわっていた。「お友だちのジェリー・カートンが操縦しているようね。わたしをどうするつもり？」

「海に出たら、船べりから放りだす。今頃の季節は水が冷たくて気持ちがいいよ」

「だけど、あんたの仕業だってわかるわよ」

彼はフランス人らしく肩をすくめた。「まだおれをつかまえられずにいるだろ」

「なぜ？　なぜわたしを殺したいの？」

「復讐だ、純粋にね。おれはおまえを雇うようにオリヴィアに勧めさえしたんだ。そうすれば無実に見えると思ったからな。だが、嗅ぎ回るおまえは脅威になった。おまけに、おまえのせいで、儲かる仕事がだいなしになった」

「だけど、なぜフェリシティを撃ったの？」

「ああ、あれはおれがやったんじゃない。ジョージだ」

「実の父親が！」

「忘れたのか、やつは彼女の父親じゃない。十四のときから彼女とセックスしていたんだ。結婚したあとも関係を続けると、フェリシティはジョージに約束していた。ま、彼女はセックスしか頭になかったからな。だが、結婚で頭に血が昇ったらしく、結婚後はもう関係を持つつもりはないと言いだした。ジョージは説得しようとした。ところがフェリシティはオリヴィアに洗いざらい話すと脅した。だから、やつは——あれをなんて呼ぶんだったか——つなぎを着て、手袋と長靴をつけ、窓の外から撃ったんだ。外部の者の仕業に見せかけるために。それからつなぎや何かをすべて焼却炉に放りこんだ」

「じゃあ銃は？」アガサはたずねた。

「ああ、地元警察はわれわれの身体検査をしようとは思いもしなかったからな。ジョージはモーニングのズボンに銃をはさみこむと警察を呼び、警察のあとから教会に行くと、こっそりおれに銃を渡した」

「で、あんたはそれをどうしたの？」

「すぐに機会を見つけて川に投げこんだよ」

「川のどこ？」

「今回はおれから逃げられないから、おまえに話しても意味がないよ」

彼にしゃべらせておくために、アガサはたずねた。「なぜジョージを殺したの？」

「危険なほどめそめそして嘆いたからだ、フェリシティのことで。酒を浴びるほど飲むようになった。残念ながら消すしかなかった」

「どうやって結婚相談所からわたしの履歴を手に入れたの？」

「簡単さ。冗談みたいな話だが、おれは探偵を雇っておまえを尾行させたんだ。相談所が倒産したことを知り、クライアントのリストをくれるなら入札すると、うるわしのアマンダに言った。彼女、飛びついてきたよ。明日、おれと弁護士事務所で会うことになっている。がっかりするだろうね」

「どうしてショーンを殺したの？」

「あの馬鹿ときたら、おれをゆすったんだ。中国人を密入国させる手伝いをしているのに充分な金をもらっていない、とぬかした」

「じゃ、気の毒なバートはどうなの？」

「あいつはいつも暗闇でこそこそ歩きまわっていて、積み荷を下ろしているところを見たんだ。で、おれを脅迫しようとした。馬鹿なガキだ、おまえからも金をせしめようとしてさ。ゆすり屋ども二人。へっ！　どっちも死んだよ」

「あんたって性根の腐ったろくでなしね」アガサは言った。「鯨の糞よりも下劣よ」

「だが、シェリ、おまえはじきに死ぬんだ。だから口を閉じて、祈りでも唱えたらどうだ。どっちみち、すぐに眠るんだから」

シルヴァンは銃をアガサに向けたまま、もう片方の手で箱を開け注射器を取り出した。「泳ぎまわって通りかかる船に助けを求めてほしくないからな」

「どうしてただ撃ち殺さないのよ？」

「この狭い空間だと、銃弾が跳ね返るか、新しいすてきな船に穴を開けかねないからな」二人のあいだにはテーブルがあった。アガサは銃に飛びついたが、つかむ前にさっと遠ざけられた。シルヴァンは銃床でアガサの頭を殴りつけ、アガサは床にくずおれた。

「どうしてこの方法を考えつかなかったんだろう？」シルヴァンはつぶやいた。「おかげで、すっかりおとなしくなった」

赤いもやを透かして、アガサは彼が注射器に薬剤を入れるのを見ていた。そこで、ありったけの力を振り絞り、テーブルに身を投げだして注射器をつかむと、それを彼の首に突き立てた。彼は銃をつかみ発射したが、アガサはテーブルの下に飛びこんだ。

長い静寂が続いた。アガサはどうにか体を起こした。ジェリー。ジェリーをどうにかしなくてはいけない。シルヴァンは気絶していた。

銃を握りしめ、アガサはふらつきながら二階に上がっていった。ジェリーの首筋に銃口を押し当てて言った。「船を方向転換して」

ジェリーが肘打ちをしたので、アガサは後方にすっ飛び、銃が手から離れて操舵室の床を滑っていった。

ジェリーはエンジンを切り、銃を手に振り返った。ジェリーが発射しようとした瞬間、アガサは後方に倒れこんで昇降口から身を投げた。

全身打ち身だらけで、もはや死を逃れられないと覚悟し、アガサは目を閉じた。

そのとき大きな声が響いた。「警察だ！」そして、投光照明でキャビンの窓が照らされた。

アガサは胎児のように丸くなった。水音がして、叫ぶ声が聞こえた。「やつをつかまえろ。海に飛びこんだぞ」

それから頭上のデッキで足音がした。最初の警官が階段をカタカタと下りてきた。

「ミセス・レーズン？　ミセス・アガサ・レーズンですか？」

アガサはどうにか声を出した。「はい」

さらに警官が現れ、彼女を助け起こした。「あれがシルヴァン・デュボアです」アガサはふらつきながら言った。「彼が持ってた鎮静剤を打ってやったわ」

「病院に連れていきましょう。頭にひどい切り傷ができている」

シルヴァンに殴られてから初めて側頭部から血が流れていることに気づいた。

やさしく支えられながら、近くに停泊していた警察艇に乗せられた。水から引き揚げられ手錠をされたジェリーも船に乗っていた。

「ようやく終わったのね」アガサは言うと、いちばん近くにいた警官の胸に顔を埋め、声をあげて泣きだした。

アガサはセント・キャサリン・ドックでトニ、ビル、チャールズ、ジェームズ、ロイに出迎えられた。ジェームズは彼女を抱きしめ、トニはシルヴァンが逮捕されたのか知りたがった。

水上警察の警部が厳しく言った。「ミセス・レーズンは病院に連れていく必要があります。質問はあとにしてください」アガサは待っていた救急車に乗せられた。

「シルヴァンが来た」トニが叫んだ。「死んでいるの?」

アガサは片足を救急車の階段にかけたまま、振り返った。

「薬で寝ているだけ。わたしに打とうとした注射器を逆に刺してやったの」

10

頭を診察してもらってから、アガサは鎮痛薬を与えられた。ひどく殴られ、軽い脳しんとうを起こしていたが、それ以外は大丈夫だと言われた。

翌日目覚めると、特捜部の二人の刑事がベッドわきにいた。一時間にわたって質問され、とうとう医師がもっと休息が必要だと言って、聴取を終わらせた。

これから聴取の日々が始まりそうだった。トニがフランスの香水を持ってお見舞いにやって来た。それからジェームズはチョコレートの箱を、チャールズは手ぶらでやって来たが、チョコレートを半分ぐらい食べていった。花は許可されていません、という看護師の声を無視して、ロイは鉢植えのヤシの木を運んできた。

「花じゃないのに」とロイはふくれっ面になった。「木だ」しかし、ヤシの木は彼から取り上げられ、持ち帰るように言われた。

それから、心を慰めてくれるミセス・ブロクスビーがやって来た。彼女はドリス・

シンプソンに頼んでアガサの寝室からいちばんきれいな寝間着を、バスルームからメイク用品を見つけてもらい、スーツケース一杯の服といっしょに持ってきてくれた。ミセス・ブロクスビーがジェフリー・カムデンの結婚について〈カントリー・ライフ〉で読んで、デート相手が偽物だと気づいたいきさつについて、アガサは初めて聞かされた。

「メディアがわたしに会いに来ないのが不思議ね」アガサは言った。

「あら、みんな外で待機しているわ」

「トニはまだこのあたりにいるの？　今朝、来たんだけど」

「彼女はあなたが大好きなのよ。たぶんロンドンに残っていて、あなたを家まで送っていくつもりでいるんでしょ」

アガサは眉をひそめた。「トニはもうメディアに何か話した？」

「こう言っただけ。『ノーコメント』わたしたち全員がそうよ」

アガサはベッドわきの電話をとり、トニの番号にかけた。「トニ、いろいろありがとう」ミセス・ブロクスビーはアガサがそう言うのを聞いた。「でも、わたしのためにこっちにいる必要はないわ。オフィスに戻って、仕事がちゃんとはかどっているかどうか確認してもらえない？　いいえ、大丈夫よ。ジェームズが送っていってくれるでしょうから」

「そうなの？」アガサが電話を切ると、ミセス・ブロクスビーはたずねた。

「ええ、たぶんね」アガサは言った。

ミセス・ブロクスビーは笑みを嚙み殺した。アガサはメディアの前で賞賛を浴びたかったので、みんなの注目を奪ってしまう美しいトニを追い払おうとしたにちがいない。

「実を言うと、わたしは車で来たの」ミセス・ブロクスビーは言った。「あなたは車だったの？」

「いいえ、電車よ。車はモートンの駐車場に置いてある。もうすっかり回復した気がするけど、今日、退院させてくれるかしら」

「たずねてみて大丈夫なら、わたしが家まで送っていくわ」

「それはありがたいわ。警察はもう聞きだせるだけの情報を聞きだした気がするし」

医師が呼ばれ、自分で運転しないのであれば退院してかまわない、と答えた。

アガサは衣類のスーツケースとメイク用品を持ってバスルームにこもった。ヒロインになる準備ができた。シャワーを浴び、髪を乾かし、艶が出るまでブラッシングした。ヒロインになる準備ができたのは、病院の個室でバスルームを独り占めできる特権のおかげだった。

アガサが病院から出ていき、大勢の新聞記者やテレビクルーの前に立ったとき、ミセス・ブロクスビーは気を利かして目立たないようにひっこんでいた。裁判に影響を与えるかもしれないので何も言わないように、と警察に警告されていたので、アガサは短い説明だけをして写真にポーズをとった。何か心にひっかかっている気がして、ふとその正体に気づいた。ミセス・ブロクスビーがいなかったら、アガサは確実に死んでいたのだ。

だがミセス・ブロクスビーの手柄をメディアに話したら、結婚相談所で男性を見つけようとしていたことがばれてしまう。

どうせ法廷ですべてが明らかになるだろうが、アガサは卑怯(ひきょう)にもそのときまで事実を伏せておくことにした。

アガサは年齢のことで不安になっていた。以前よりも体が弱った気がする。死にかけたショックを克服するには、とても長い時間がかかりそうだった。ミセス・ブロクスビーはカウンセリングを勧め、ビル・ウォンは被害者支援の面接を提案したが、アガサはセラピストや精神科医に胸の内を語りたくなかった。というのも、たいてい、自分でも自分のことがよくわからなかったし、とにかく前へ進んでいけば人生が楽になると知っていたからだ。

陰鬱な天気が続いていた。激しい雨で洪水が起き、またもやイヴシャムのエイヴォン川は危険なほど水位が上がった。ただし、アガサはたいてい仕事が山のようにあったので、余分なことを考える余裕がなかった。頻繁に遅くまで残業した。誰もいないコテージに帰りたくなかったからだ。それでも猫たちのことを思い出し、どうにか家路についた。

クリスマスはビルの家で過ごした。ディナーはまずく、彼の両親は相変わらずアガサを嫌っているようだったが、両親は愛する息子以外は誰のことも好きではなさそうなので気にしないことにした。

一月になると、きりっとした冷たい空気の晴れた日が続き、アガサは元気と自信を回復し、以前の自分に戻ったような気がしはじめた。

一月の終わり頃には、新しい友人ができた。仕事の合間にミルセスターの市場に足を運び、健康的な食生活をするために地元の産物や肉を買うことにした。どうせこれまでのように電子レンジに冷凍食品を放りこみ、買った食料はドリス・シンプソンにあげてしまうのだろう、とちらっと思ったが。野菜と果物の屋台の前に立っていたとき、隣の女性が買い物袋を落とし、ニンジンとタマネギが通りにころがった。アガサはそれを拾うのを手伝ってあげた。

「ありがとう」女性は言った。「本当に不器用で」

「気にしないで」アガサは珍しく正直に言った。「わたしの方こそ、すごく不器用なの」

彼女はアガサの顔をしげしげと見つめた。「どこかでお会いしたことがあったかしら？」

「写真が新聞に出たことがあるから」アガサは誇らしげに答えた。

「そうだわ！　有名な探偵さんよね！　アガサ・レーズン」

「当の本人よ」

「そうだわ。わたし、引っ越してきたばかりなの。ランチをごちそうさせてもらえない？」

アガサは相手を観察した。おそらく四十代で、金をかけてカラーリングしたブロンドの髪に、軽く日焼けした皺のない顔。ミンクのコートをはおっている。真っ昼間にミンクのコートを着るのは、最近の風潮だと勇気が必要だった。太いゴールドのネックレスにロレックスの腕時計。

「いいわよ」アガサは言った。「ただ、あまり長くオフィスを離れられないの」

〈ジョージ・ホテル〉でのランチで、女性はシャーロット・ロサーと自己紹介した。アガサが自分の冒険についてしゃべっているあいだ、シャーロットは熱心に耳を傾けた。コーヒーが運ばれてきたとき、新しい知り合いのことは何も訊かなかったことに気づいて、アガサはうしろめたくなった。

「たいして話すこともないの」シャーロットは言った。「離婚したのよ。夫はとても裕福だったので、気前のいい離婚和解金を払ってくれた。幸い子どもはいなかった。ロンドンで暮らしていたんだけど、都会に疲れちゃって、アンクームのコテージを買ったの。その村、ご存じ？」

「ええ。うちととても近いわ。わたしはカースリーに住んでいるの」

「茅葺き屋根のコテージ？」

「そうよ」

「とてもかわいらしいけど、維持にお金がかかるわよね」

「たしかに茅葺きはとても費用がかかるわ。あなたのところはどういう家？」

「平屋建ての家。あまり魅力的じゃないわ。だけど、周囲がきれいだし、すてきな庭があるの。ガーデニングには興味がある？」

「実は時間がなくて。人を雇って手入れしてもらっているわ」

シャーロットはとびきり温かく魅力的な笑顔の持ち主だった。

「今週末に、うちにいらっしゃらない？　家を案内するわ」

アガサは予定のない週末のことを考え、うれしくなった。「ぜひうかがわせて」

「ランチに来て。一時ぐらいに。アンクームの教会はわかる？」

「ええ、村の真ん中でしょ」

「カースリーから来たら、教会を通り過ぎて六軒数え、左側の七軒目がわが家よ。短い私道があって高い生け垣に囲まれているから、見落とさないでね」

「大丈夫よ」アガサはにっこりした。「それから、あなたのところでランチをごちそうになるんだから、今日のランチはどうしても払わせて。いえいえ、ぜひそうさせて」

二人は名刺を交換し、オフィスに戻ったアガサは新しい友人のことで心が浮き立っていた。言うまでもなくミセス・ブロクスビーが親友だが、牧師の妻はいつも忙しく、教区の仕事をどっさり抱えていたので、外食をしたり劇場に出かけたりする時間がとれなかった。

シャーロットのことは誰にも話さなかった。自分だけの秘密にしておきたかったのだ。

だから土曜の朝、ドアベルが鳴り、ロイ・シルバーが週末旅行用バッグを手に玄関に立っていたときは、本当にいらっとした。

「ロイ！　あなたに会えるのはいつだって歓迎よ。だけど、今日は大切なランチの約束があるの。まえもって電話してくれればよかったのに」

「すみません。ひどい目に遭って」ロイの頰を涙が伝った。

「いいわ、入って。何があったのか話してちょうだい」

ロイはアガサのあとからキッチンに入った。「別のＰＲ会社から誘いを受けたんです」

「どこの会社？」

「〈アサートン〉です」

「大会社じゃないの」

「ぼく、舞い上がっちゃって」ロイは涙をふいた。「指定されたとおりに面接に行きました。バーサ・アサートンに面接を受けました」

「最低最悪。彼女はとことん卑劣な女よ」

「そうだって、わかりました。ちょうど、〈デューラクス〉のメイク用品を売りだそうとしていたんです。バーサは大金を提示しました。ぼくは入社すると答えた」

「読めてきたわ」アガサは言った。「彼女は〈デューラクス〉に直接行って、おたくのPR担当者を雇うから、PR担当の会社もこっちに替えてもらった方が都合がいいって言ったんでしょ」

「そのとおりです。〈デューラクス〉は〈ペドマンズ〉に話したんで、ミスター・ペドマンに呼びだされて、すごく叱責されました」

「クビにするって?」

「いいえ、〈アサートン〉に呼びだされて面接し大金を提示されたが、考えてみるとだけ答えて帰ってきた、と言い張りました。それに何もサインはしなかったし。録音はしていないと思います。来週、さらに面接がある予定です」

「そのあいだにバーサは〈ペドマンズ〉から顧客を奪えるかどうかやってみて、無理だとわかったら、あなたに電話して気が変わった、ってあっさり言うでしょうね」

「もうおしまいです。オフィスのみんなに伝染病患者みたいに扱われるし。しかも、新しいPR担当者が入ってきて、ぼくの案件を奪いとろうとしているんです」

「ペドマンはそうさせるそぶりを見せたの?」

「いいえ」

「じゃあ、大丈夫。〈デューラクス〉のためにいい仕事をしなさい」アガサは唇を噛んだ。古い友人たちに横柄な態度をとると、以前文句を言われたことがあった。

「荷物を解いてきて。わたしは友人に電話するから」彼女は言った。

ロイが二階の予備の寝室に荷ほどきに上がっていくと、アガサはシャーロットの名刺を取り出して電話した。

「ご心配なく」シャーロットは明るく言った。「どうぞお友だちを連れてきて。食べ物はどっさりあるわ」


「いい、感じよくふるまってね」アガサはロイをアンクームに連れていきながら注意した。

「いつだって感じがいいですよ」ロイはむっとして言い返した。

「まあね。ここが教会だから、さて家を数えなくちゃ。そう、ここだわ。たしかに大きな生け垣ね。ガーデニングをするなら、少し刈り込まなくちゃならないでしょう。庭の日差しを半分ぐらいさえぎっちゃう」

シャーロットのリビングにはいささか衝撃を受けた。シャーロットのように非の打ち所のない服装のセンスがある人なら、家具を選ぶにも、もっと趣味がいいだろうと思っていた。オートミール色のソファの三点セットが、ガラスのコーヒーテーブルの前に置かれていた。壁紙は少しごちゃごちゃした感じの花模様。ソファのわきには、DIYショップで買えるような安っぽいネストテーブルがいくつか。窓のカーテンときたら、まるで裏側にずらっとパンティが並べられているみたいな、波形フリルの裾のぞっとするしろものだった。

「ひどいでしょ?」シャーロットは言った。「家具もひっくるめて丸ごと買ったの。ここにあるものはもうじき処分するつもりよ」

アガサはロイを紹介した。食前酒を飲みながらロイが哀れな失敗談を披露したので、アガサはかなりいらついたが、シャーロットは同情的だった。アガサはかつてPR業界で仕事をしていたと打ち明け、二人は〈デューラクス〉のPRに使えそうなとんでもない企画をいくつも提案して、彼を元気づけた。

ランチはおいしかった。スモークサーモンに続き、ローストしたカブとポテトとブロッコリーをつけあわせたキジのロースト。デザートはコッツウォルズの定番――ベタベタに甘いプディングだった。

アガサはウエストがきつくなるのを感じ、シャーロットのスリムなスタイルがうらやましかった。

ロイと帰るときに、アガサは来週また会おうと提案したが、シャーロットはロンドンに行かなくてはならないけど、戻ったらすぐに電話すると答えた。

ロイが帰る前に、アガサは〈デューラクス〉の新商品のために企画書の下書きをひと揃い書いた。ロイは月曜の朝に出勤するとすぐに、アガサの名前を出さずに企画書をミスター・ペドマンに提出したので、またもやお気に入り社員に復帰できた。さらに〈デューラクス〉の重役のサラ・アンドルーズが、今夜、老舗レストランの〈ジ・アイヴィー〉のディナーに招待したい、と言ってきた。

ロイはアガサの企画書をひと揃い握りしめて、彼女と会った。もっとも、そのときには、すべて自分のアイディアだと信じるようになっていた。ただし、ディナーに行く前にアガサに電話してお礼を言った。アガサは保守的な服装をしていくように、と厳しく指示した。

〈ジ・アイヴィー〉で、ロイはサラ・アンドルーズからさんざんほめそやされた。二人はガラスと木でできたスクリーンでメインルームから仕切られたテーブルにすわっていた。仕切りの反対側のカップルは早口のフランス語でしゃべっていた。サラがトイレに立つと、セレブを見つけるのが大好きなロイは仕切りの向こう側をのぞき、さっと頭をひっこめた。早口のフランス語をしゃべっていたのは、シャーロットとどこかの男だった。

ロイは椅子に戻り、頭をフル回転させた。アガサはシャーロットとどんなふうに知り合ったかを話してくれていた。サラが戻ってくると、ぼうっとしているとからかうので、〈デューラクス〉のための新しいアイディアが次々湧いてくるので、とロイは言い訳をした。

ロイはディナーをすませると、気をもみながら自分の部屋に帰った。シャーロットと話してみるべきだった。アガサはシルヴァンの友人にはめられたのではないだろうか。ただ、あまりにも荒唐無稽に思えた。

アガサに電話すると、話をじっくり聞いてから、彼女は言った。

「だけど、あなたはフランス語をしゃべらないでしょ」

「いくつかの言葉はわかります」ロイは言い返した。「それに、彼女はネイティブみたいにぺらぺらでした」

「どうして話しかけなかったの？」

「心配になって。シルヴァンは塀の外の人間にあなたを襲わせようとしているのかもしれない」

「そんな馬鹿な！　でも、わかった、自分で少し調べてみる。一週間あるしね」

アガサはパソコンの電源を入れ、シャーロット・ロサーをグーグル検索した。たいしたことは出てこないだろうと思っていたが、意外にも、三本のニュース記事でとりあげられていた。一番目の記事を開いた。シャーロット・ロサーは投機家の夫ジョン・ロサーと離婚したときに五百万ポンドの離婚和解金を手に入れたという記事だった。法廷を出る彼女の写真もあった。顔を隠すために片手を上げていたが、ブロンドの髪も服装も、はおったミンクのコートも、すべてあのシャーロットと同じだった。

アガサは残りのふたつの記事も調べてみた。まったく同じものだったが、ひとつにはシャーロットのはっきりした写真がついていた。こわばった顔で泣いていたが、アガサの知っているシャーロットにまちがいなかった。彼女は勝ち誇ってロイに電話した。

「取り越し苦労でしたね」ロイは言った。「それでも用心してくださいよ」

だが、ロイはなぜかその疑惑をすんなり忘れることができなかった。トニに電話して、アガサに知られないようにその女性を調べてみても害はないんじゃないかと提案した。

トニとシャロンの写真は新聞に出ていたので、探るなら事務所の他のメンバーにやってもらった方がよさそうだった。

翌朝早く、トニはフィル・ウィザースプーンに電話した。彼はトニの話に耳を傾けてから言った。「しかし、アガサは彼女について調べあげたんだよね。だいたい、フランス語を話すから何だって言うんだ？　裕福な国際人なら、たいていフランス語を話すよ。でも、わかった。アガサに数日休みをとりたいと言って、何か探れるかやってみよう」

フィルはまず〈コッツウォルズ・ジャーナル〉に行き、バックナンバーの不動産広告にていねいに目を通していった。ほぼ一日調べたあとで、ようやくアンクームの平屋建ての広告を発見した。

それから売買を担当した不動産会社に行き、いつ取引がおこなわれたかをたずねた。

「つい三週間前です」不動産屋は答えた。「不況なので、もう売れないかと思っていたんです。実際、何を売るのもむずかしいんですよ。ミセス・ロサーは家具も込みで、という条件で言い値を支払ってくれました。あそこは去年亡くなった年配女性の家で、娘さんは海外で暮らしていたので家を片付けたがらなかった。それで、すべてを丸ごと買ってくれる人を見つけてくれないかと頼まれていたんです」

「彼女は小切手で払いましたか？」フィルは質問した。

「もちろん」

どうやら行き止まりのようだ。彼はトニに電話して報告した。

しかし、なぜかしつこい疑惑がトニの頭にいすわっていた。身元は盗むことができる。その離婚裁判をグーグルで調べ、ミスター・ジョン・ロサーのオフィスの住所をメモした。アガサのところで働くようになってから「お上品になった」ので使わなくなった本来のグロスターシャー訛りに戻ると、ミセス・ロサーのところでずっと掃除をしていて、またやってくれと頼まれたが、新しい住所がわからない、と電話した。

ミスター・ロサーの秘書が元ミセス・ロサーを毛嫌いしていたので、住所を秘密にしようと思わなかったことはトニにとって幸いだった。「ケンジントン、アレクサンドリア・ミューズ五十一番地です」秘書は教えてくれた。

そこの電話番号は電話帳に記載されていないことを知り、トニは次の土曜にロンドンまで行ってみることにした。シャーロット・ロサーはロンドンの家をまだ所有しているのに、どうしてアンクームにぱっとしない平屋建てをほしいと思ったのだろう？

アガサは土曜日に自分のコテージにシャーロットを招待してランチをふるまった。シャーロットは古いコテージの美しさについて賞賛の言葉を並べ立てた。しかし、アガサの猫たちは無視したし、二匹の方もシャーロットを無視した。アガサはなんとなくわが子が侮辱された母親のような気持ちになったものの、そんな妙なことを思った自分を心の中でたしなめた。

二人は楽しいランチをとった。シャーロットに料理の腕をほめられ、アガサはゴミ箱から〈マークス&スペンサー〉のお惣菜の空容器がのぞいていないことを祈った。

昼食後、シャーロットが言った。「いいお天気ね。ウォリック城を前から見たいと思っていたんだけど」

「ここから遠くないわよ。車で連れていってあげる」

「いいえ、わたしが運転する。ランチを用意して、いろいろ大変だったでしょ。せめてそれぐらいさせて」

出かけようとしたときに、アガサの電話が鳴った。トニからだった。

「どうしているかと思って」トニは言った。

「元気よ」アガサは答えた。「今は話せないの。これからウォリック城に行くところだから」

トニはアレクサンドリア・ミューズの住所を見つけ、ベルを鳴らした。返事はなかった。ふうん、やっぱりね、とトニは思った。彼女が言葉どおりの人間なら、コッツウォルズにいるのだろう。

それでも、膝をついて郵便受けからのぞいた。スポーツカーが背後を轟音を立てて走りすぎた。それからいくぶん静かになった。何か聞こえた気がした。耳を郵便受けに押し当てる。かすかな音がする。「むむむ、むむむ」

トニはすばやく頭を働かせた。携帯電話を取り出し、警察に電話し、いらいらしながら十分待った。腹立たしいほどのろのろとパトカーが小路に入ってきた。

大柄ながっちりした巡査部長が降りてきた。「誰かが監禁されている、っていうのはどういうことなんだね？」

「中から声が聞こえるんですけど、ドアに出てこないんです」トニは言った。「耳を郵便受けに押し当ててみて」

彼はしゃがんだ。相棒はその後ろに立ち、にやにやしている。

それから巡査部長は立ち上がった。「何も聞こえないな」

「だけど、あたしは聞いたんです」トニは訴えた。

「どんな音を？」

「くぐもった、さるぐつわをはめられたみたいな音です」

巡査部長はベルを鳴らした。隣人が隣のコテージから出てきて、興味深そうに眺めている。「住人の名前は？」巡査部長がたずねた。

「ミセス・シャーロット・ロサー」

「最近離婚した女性だ」相棒が言った。

隣人が三人の方に近づいてきた。「どうしたんですか？」

「このお嬢さんが」と巡査部長が言った。「中から妙な物音がすると言うんです。ミセス・ロサーの姿を最近見ましたか？」

「二週間ぐらい見てないですね」

「ドアにガラスがはまってます」トニが言った。「それを割ったら、中に入れますよ」

「そんな、ミス……」

「トニ・ギルモアです」

「ミス・ギルモア。警察はそんなふうに住宅内に押し入ることはできないんだ。きみと彼女とはどういう関係なんだ？」

「あたしは私立探偵で、ある人間が彼女の身元を盗んだかもしれないと考えています」

「だいたい、どうしてそんな真似をするんだ？」

あせる気持ちを抑えつけながら、トニはシルヴァン・デュボアについてと、彼がアガサに替え玉を送りこんだ可能性について説明した。

巡査部長は物憂げに言った。「署に戻って、何本か電話をかけて問い合わせた方がよさそうだ」

「だけど、それじゃあ手遅れになります！」

彼は皮肉っぽい目でトニを見ると相棒にうなずき、二人ともパトカーに乗りこんで走り去った。隣人も家に入っていった。

トニは静かな小路の左右をうかがった。誰もいない。少し離れたところにレンガがころがっているのを見つけた。それを拾い上げると、ドアのガラスを割り、中に手を伸ばして取っ手を回した。一階の狭いリビングには何もなかった。二階に駆け上がった。踊り場にキッチンがあり、そこから廊下が延びている。

トニは寝室のドアを開けた。ベッドに手錠でつながれた女性がさるぐつわをされて横たわっていた。トニはさるぐつわをはずし、女性の頸動脈に指を当てた。かすかだが、脈はあった。

トニは警察に電話し、救急車を要請した。それからアガサに電話した。誰も出なかったし、電源が切られていると伝える音声も流れなかった。チャールズはウォリックシャーに住んでいる。トニは彼に電話し、生きるか死ぬかの問題だとわめいて、執事に電話を取り次がせた。チャールズは話を聞くと言った。「ウォリック城？　すぐに向かう。途中で警察に電話するよ」

アガサは以前ウォリック城に行ったことがあった。初めて訪れたシャーロットは中世の建物の美しさに歓声をあげた。二人は胸壁、塔、拷問室を見学した。拷問室にはマダム・タッソーの蠟人形があった。それからシャーロットが言った。

「疲れたわ。お茶でも飲みましょう」

「じゃあ、わたしはトイレに行ってくる」アガサは言った。「ティールームで合流するわね」

「ケーキやペストリーはいかが？」

「いいえ、お茶だけで」アガサは言った。

トイレで、アガサはシャーロットに対する不安を抑えつけようとした。城の客間で絵を見ていたとき、肖像画の額のガラスにシャーロットの顔が映った。それは悪意にゆがんでいるように見えたのだ。想像しすぎよ、とアガサは思った。しかし、誰もわたしの居所を知らない。何本か電話をしておこう。アガサは自宅にブラックベリー端末を忘れてきてしまい、古い携帯電話を持っていた。ときには単純な携帯の方が気楽だし、車が壊れたときに備えて地元の移動には携帯を持ち歩くようにしている。

トイレでメッセージをチェックしようとして、完全にバッテリーが切れていることに気づいた。携帯電話をにらみつけた。ゆうべ充電しておいたのに。

出発前に猫といっしょに庭を歩いていき、また戻ってきたとき、シャーロットがキッチンテーブルにかがみこんでいて、アガサのバッグが開いていたことを思い出した。改めて考えてみると、バッグを開けっぱなしにした記憶はなかった。

携帯の裏側を開き、ＳＩＭカードを探した。抜きとられている。

両手が震えはじめた。トイレを使い、手を洗いながら、どうしようかと思案した。シャーロットはどうして携帯を使えなくしたのか？　助けを求められないようにだ。なんて馬鹿なの、頭の中の声がせせら笑った。

どうしてウォリック城？　たぶんシャーロットはバラ園の方に散歩に誘い、人気のない隅でアガサに注射をして、そのまま朽ち果てさせるつもりなのだ。

シルヴァンね、とアガサは悔しさを噛みしめた。彼の長い腕が刑務所から伸ばされたのだ。顔に笑みを貼りつけると、テーブルに戻った。

「捜しに行こうかと思っていたところよ」シャーロットは言った。「ずいぶん時間がかかったのね」

そこでアガサは、シャーロットが持っているのは小さなクラッチバッグなのに対して、自分のバッグはレザーの大きなものだということに気づいた。

「わあ、あれを見て！」アガサはいきなり叫んだ。「ほら、あそこ！」

「え、何？　どこ？」

「早く立ち上がって、窓の外を見てきて」

シャーロットが立ち上がったとき、アガサは巧みにシャーロットのバッグをテーブルの上を滑らせ、自分のバッグの中に落とした。それからシャーロットが何か入れているかもしれないので、お茶を鉢植えに捨てた。

「何も見えないわよ」シャーロットはテーブルに戻ってきた。「何だったの？」

「クジャクよ」

「アガサ、ここにはクジャクがたくさんいるわよ」

「それでも一羽見たら興奮しちゃって」

「わたしのバッグはどこ？」シャーロットが言った。

「わたしは知らないけど。ティールームに入ったときは持っていた？」

「もちろんよ」

「ああ、チャールズ！」アガサは叫んだ。なじみの姿がティールームに入ってきたので、安堵のあまり泣きそうになった。

「ハイ、アガサ」チャールズは言った。「この場所は警官だらけだって知ってる？何が起きているんだろう」

シャーロットがよろめきながら立ち上がった。「ちょっと外の空気に当たってくるわ」

アガサは腕をつかもうとしたが、シャーロットは振り払いドアに向かって走りだした。アガサは追いかけ、いちばん近い警官に叫んだ。「彼女よ！」

「戻って、アガサ」チャールズが静かに言った。「あとは警察に任せよう」

シャーロットはジグザグに芝生を走り、胸壁の入り口に飛びこんでいった。チャールズとアガサはティールームの外を歩きながら追跡劇を眺めた。

シャーロットは胸壁の上にちっぽけな姿となって現れた。こっちに走り、あっちに走りしていたが、逃げ道はもはや警官にふさがれていた。

彼女が身を投げたとき、最後の悲鳴がかすかに聞こえてきた。

人々が走り寄っていくと、警官に押し戻された。「見ないようにしよう」チャールズは言った。「ティールームに戻ってすわろう」

「どうして知ったの？」アガサはたずねた。

チャールズはトニからの電話とトニが本物のミセス・ロサーを発見したいきさつを語った。

「携帯が使えなくなっていたとき、何かがおかしいってわかったの。彼女がＳＩＭカードを抜いたのよ。物騒なものを持っているかもしれないので、彼女のバッグをくすねておいたわ」

「見てみよう」

みんな何があったのか見ようと外に飛び出していったので、ティールームには二人だけだった。

アガサは小さなクラッチバッグを取り出して開いた。「何も触らないで」チャールズが注意した。「見るだけだ」

「ここに注射器がある」アガサは言った。「どうして自宅で殺さなかったのかしら？なぜウォリック城なの？」

「きみの不意を突きたかったし、犯行後、観光客にまぎれようとしたにちがいない」

二人の私服刑事が入ってきた。「ミセス・レーズンですか？」

「ええ」

「いっしょに来ていただけますか？　たくさん質問したいことがあるので」

アガサはレミントン・スパにある警察署で長時間にわたって聴取された。それからミルセスター警察に連れていかれ、そこでまた最初から質問を繰り返された。

ウィルクスがどうしてもっと早くシャーロットを疑わなかったのか、と途中でたずねた。その理由がなかったから、とアガサは答えた。シルヴァンが誰かを差し向ける可能性は多少あるかもしれない、と考えていたが、だとしたら、男だろうと思っていたのだ。そして、質問を受けているうちに、アガサの気持ちはどんどん暗くなっていった。携帯電話が使えなくなっていることに気づかなかったら、トニとロイが疑いを抱かなかったら、彼女は殺されていただろう。

警察はアガサがドジな素人だと言わんばかりの態度だった。解放され、コテージに疲れきって帰り着いたとき、アガサはまさに自分はそのとおりの人間だと感じていた。

インタビューをするために戸口で待っていたのは、地元の記者二人だけだった。それでもアガサは元気を少し取り戻し、短い記事にできるぐらいの内容をしゃべったが、全国紙やテレビクルーはどこだろうと不思議だった。翌日、メディアはもっといいネタの方に行ってしまったのだと知ることになった。

トニの顔がすべての朝刊の一面を飾っていたのだ。病院で取材を受けた本物のシャーロット・ロサーは、命を救ってくれたトニをヒロインと呼んだ。身元を盗んだ女に薬を注射されベッドに縛りつけられた、と彼女は語った。盗んだ女の本名はクラリス・デュラヴァルといい、シルヴァンの元愛人の一人だった。彼女は驚くほどシャーロットと似ていた。クラリスはときどき戻ってきてはシャーロットに食事を与えていたが、ふっつり戻ってこなくなった。シャーロットを飢え死にさせるつもりだったのだろう。さらに、クラリスはシャーロットの毛皮のコートと貴金属を奪っていった。

ロイ・シルバーもインタビューを受け、クラリスが〈ジ・アイヴィー〉でフランス語でしゃべっているのを見聞きしたので、トニに彼女を調べるように勧めたのだ、と話した。ウォリック城の冒険は内側のページで報道された。少し前に撮られた、カメラをにらみつけているアガサの上半身の写真も載っていた。偽のシャーロットの自殺については、目撃した複数の観光客の談話が載った。

本当の自分がよくわからず、仕事が自分のアイデンティティだとみなしている人間はみなそうだろうが、アガサはすっかり意気消沈してしまった。

彼女は寝室に戻り、服を脱ぐとまた上掛けの下にもぐりこんだ。

こんな夢を見た。朝オフィスに入ろうとしたが、鍵が開かない。トニに電話すると、事務所の健全化のために、アガサは引退した方がいいと全員一致で決定した、と言われた。

11

アガサはベッドサイドの電話が甲高く鳴る音で起こされた。ミセス・ブロクスビーだった。

「大丈夫？　ミセス・レーズン」心配そうな声が聞こえてきた。「何度かコテージを訪ねたけど、玄関に出てこなかったから」

「まだベッドに入っていたの」アガサは言った。「服を着たら、すぐにそちらに行くわ」

「実を言うと、コテージのすぐ外にいるの」

「今、下りていくわね」

アガサがドアを開けると、ミセス・ブロクスビーは気遣うようにアガサを見た。ベッドに入る前にアガサはメイクを落としていなかったので、はげたマスカラが目の下に黒い筋をつけていた。

「キッチンに来て」アガサは言った。「ブラックコーヒーと煙草が必要だわ」

キッチンのテーブルの前に腰をおろす前に、アガサは最近とりつけた窓の換気扇をつけてから煙草に火をつけた。

ミセス・ブロクスビーは友人が深々と煙を肺に吸いこむのを眺めてから、心配そうにたずねた。「肺がんを心配したことはある?」

「ときどきね。来月には禁煙するわ」

「どうして来月なの?」

「だって休暇が必要だから。事務所の方はトニがうまくやってくれるわ」アガサの口調は投げやりだった。

ミセス・ブロクスビーはテーブルに新聞が広げられているのを見た。

「ミス・ギルモアにはとても感謝しているんでしょうね」

「感謝するべきよね、わかってる。だけど、彼女のせいで、自分が無能な素人だって感じさせられたわ」

「これまで解決してきたたくさんの事件のことを考えて」

アガサはブラックコーヒーをがぶりと飲んだ。

「それが何? 昔のことよ。問題は今」

「最近、何度か怖い目に遭ったのに、カウンセリングを拒否しているでしょ。なんらかの助けを得るべきだわ」

「わたしは大丈夫。どこかに行って考えてみたいの。探偵事務所も完全に閉めるかもしれない」

ミセス・ブロクスビーはあっけにとられた。「そして、スタッフ全員をこの不況の真っ最中に失業させるの？」

「そうね、それはやりすぎかもしれない。休暇をとって戻ってきたら元気になってるわよ」

「〝自分自身を連れていく〟って聞いたことがある？　どこかに逃げても、自分の問題からは逃げられないのよ」

「くだらない心理療法用語はけっこうよ」

ミセス・ブロクスビーはバッグをとると立ち上がった。

「帰るわ。必要なときは電話して」

アガサは親友に失礼な態度をとってしまったことに気づいて愕然(がくぜん)とした。それから、それが何だっていうの？　と考え直した。わたしは誰にも必要とされていない。逃げなくちゃならない。

二週間後、アガサはイスタンブールのブルー・モスクの前のカフェにすわり、生まれ変わったような気分になっていた。エステと美容院とマッサージに行った。股関節はただの一度も痛まなかった。天候は晴れて穏やかだ。読む本をどっさり持ってきて、今はエリック・アンブラーの『恐怖への旅』にはまっている。

トニへの嫉妬も、命を狙われたショックも、ボスポラス海峡に流れていってしまった気がした。ふと本から顔を上げたとき、向こうのテーブルの男性がこちらを見つめているのに気づいた。長身で重たげなまぶた、尖った鼻に力強い口をしている。豊かな茶色の髪はきれいにカットされていたが、ダークスーツはくたびれていた。

彼がにっこりしたので、なぜかアガサは微笑み返していた。男は立ち上がってアガサのテーブルにやって来た。「アメリカ人ですか？」彼はたずねた。

「いいえ、イギリス人です」アガサは言った。「あなたは観光客？」

「いや、イスタンブールに住んでいます」

「英語がとてもお上手ですね」

「ありがとう。その本はおもしろいんですか？」

「ええ、とっても」

「じゃあ、平和な読書に戻ってください」

驚いたことに彼は立ち去らずにそのますわりこみ、煙草に火をつけると、椅子に寄りかかって行き交う人々を眺めはじめた。

祈禱時刻告知係が祈禱を呼びかけはじめた。

アガサは読書をやめた。急におなかがすいてきた。テーブルのメニューをとった。

「よかったらランチにお連れしますよ」男は言いだした。

「どうして？」

「あなたに興味を持ったので」

「これはナンパなの？」アガサは問いただした。

「どういう意味ですか？」

「あなたはわたしを口説こうとしているの？」

「その言葉もよくわかりません。あなたをもっとよく知ろうとしたいか？　イエスです。ランチだけです」

「そう、いいわよ」アガサは応じた。

二人は広場を突っ切り、路面電車の線路を渡り、暗い地下室のようなレストランに入った。

「あなたに注文してもらった方がいいわ」アガサは言った。「わたしのトルコ料理の知識はケバブぐらいだから」

食事はおいしく、最初に羽根のように軽いチーズペストリー、続いてレーズンといっしょにじっくり煮込まれたラムが出された。店の外では、日に焼けた人々がそぞろ歩いていた。

彼がアガサに仕事は何かとたずねたので、彼女の探偵としての武勇伝が食事のあいだほぼずっと語られることになった。そして、語っているうちに、かつての自分の能力に対する自信が甦ってくるのを感じた。

アガサはデザートを断りコーヒーだけにしたが、すでにかなりワインを飲んでいたのでブランデーは控えることにした。

「あなたのお仕事は？」アガサはたずねた。

「公務員です。政府の仕事をしています」

「どういう部署？」

「税務調査です」

「いつもこんなに長時間、仕事を抜けられるの？」

「数日、休みをとっているんです」

「結婚はしているの？」アガサは単刀直入にたずねた。

「以前は。五年前に離婚しました。あなたは？」

「わたしも離婚したの。お名前は？」

「ムスタファ・ケマルです。あなたは？」

「アガサ・レーズン」

「おもしろい名前だ」

「どこがおもしろいの？」

「レーズン。皺くちゃの干からびたブドウ。いや、そんな顔をしないでください。あなたみたいなきれいな女性にはしかめ面は似合いませんよ」

「税務調査について教えて」アガサは言った。

「あまり話すこともないですよ。すごく退屈なんです」

「別の仕事につこうと考えたことはあります？」

「あまり。うちの家族はわたしのことをとても誇りにしています。母はお針子で、父は肉体労働者だった。わたしは家族で初めて大学に行ったんです。もう年だし、これから転職なんてできませんよ」

「おいくつなの？」

「アガサ、新しい仕事を始めるには年寄りすぎるんです」

「まだそれほどの年じゃないでしょ！」

「五十四です」

昼食後に彼はホテルまで送ってくれ、今夜ディナーをいっしょにどうかと誘った。アガサは喜んで承知した。

その日はイスタンブールで結婚するというバラ色の夢に包まれて過ごした。もう探偵の仕事は辞める。挫折感ともお別れ。ムスタファはわたしのことをあきらかに魅力的な女性だと考えている。期待で胸がいっぱいになり、また若くなった気がした。

夜、ホテルのロビーに迎えに来たとき、彼女がブラックドレスを着ていて、片側に入ったスリットから形のいい脚がのぞいているのを見ると、ムスタファの目はうれしそうに輝いた。それを見てアガサは胸がときめいた。

彼はイスタンブールの地平線が見晴らせる古い火の見櫓(やぐら)のレストランに連れていってくれた。そこまでの途中、車の窓から外を眺めていたアガサはエロル・フェヒムを見かけた。以前来たときに、手伝ってくれた男性だ。

「車を停めて」彼女は叫んだ。「知っている人がいたの」

だが彼はその言葉が耳に入らなかったようで走り続けた。火の見櫓に着くと、階段を上ってレストランに行った。窓際のテーブルに案内されると、眺望は息を呑むほどだった。眼下では〈ゴールデン・ホーン・ホテル〉の噴水が輝いていて、偉大な都市のすばらしい宮殿やイスラムの尖塔が見晴らせた。

ディナーでは伝統的なトルコ芸能のフロアショーも観られた。ショーはまずやせすぎのベリーダンサーの踊りから始まったが、いつまで続くのだろうとうんざりしてきた。それからブラック・シー一座が鼻にナイフをのせたり、的にナイフを投げたりした。とても騒々しくにぎやかで、会話がなかなかできなかった。

アガサは席を立ち、トイレを探しに行った。ふいに恋に落ちたことを誰かに知らせたくなった。まちがいなくこれは恋にちがいない。

ミセス・ブロクスビーに電話して、それを知らせた。「その人といつ知り合ったの？」牧師の妻はたずねた。

「今日よ」

「ミセス・レーズン！」

「いいえ、今度こそ本物よ」

「彼の名前は？」

「ムスタファ・ケマル」

少し沈黙があってから、ミセス・ブロクスビーは言った。「それは妙ね」

「何が妙なの？」

「ムスタファ・ケマルというのはアタチュルクという現代トルコの創設者の名前なの。その人、本当にシルヴァン・デュボアの仲間じゃないのね？」

アガサはふいに背筋が凍りついた。「あとでまた電話するわ」アガサはどんなに簡単にナンパされたかについて考えた。めまいがして、洗面台をつかんだ。それから腰を伸ばすと、胸を張った。レストランの入り口のウェイターを呼んで、ささやいた。

「警察を呼んで」

彼はとまどったようにアガサを見てから、給仕長に合図をした。給仕長は彼女の警察を呼べという要求に耳を傾けた。「彼は身分詐称をしていて、わたしを殺すために派遣されたの」アガサは必死になって言った。「彼のところに戻るけど、警戒させないでね」

彼女は作り笑いをしながらテーブルに戻っていった。また騒々しい演技がおこなわれていたので、話ができなくてほっとした。

記録的な早さで、三人の男性警官と一人の女性警官がレストランに入ってきた。給仕長が三人を案内してきたので、アガサはほっとため息をもらした。

しかし意外にも二人の男性警官は笑いだし、女性警官はにやにやしはじめた。

全員が早口のトルコ語でしゃべり、ムスタファは連れていかれ、代わりに女性警官が椅子にすわった。「いっしょに外に出てください」彼女は英語で言った。

アガサは女性警官のあとをついて階段を下りた。「あそこにカフェがありますから、そこで話しましょう」彼女は言った。「わたしが言ったことは口外しないでください。あなたを落ち着かせるために内密で話したいんです」

「どういうことなの？」アガサはたずねた。

「彼は何をしていると言いましたか？」

「税務調査官で、ムスタファ・ケマルという名前だと」

「彼はカラコイの警察の警部で、数日の休暇をとったんです。本名はデミル・オグズで、既婚で六人の子どもがいます。有名な女たらしなんです。すみません。もちろん、男性の同僚たちはこのことがとても滑稽だと考えています。どうして警察を呼んだのですか？」

アガサはぐったりしながらシルヴァン・デュボアについてと、彼に命を狙われた話をした。最後にこう言った。「わたしはろくでもない探偵だと思うわ。彼の名前が偽名だって気づくべきだった」

「あなたは外国人です。そんなまちがいはよくあることですよ。では、ホテルまでお送りしましょう」

「あなたの英語は完璧ね」アガサは言った。

「それで連れてこられたんです。イギリス人女性が警察を呼んでいると聞いて、同僚はわたしを同行させたんです」

「あの警部はどうしてあんなに英語が上手だったの？」

「奥さんがマンチェスター出身なんです——気の毒に」


ホテルの部屋に戻ると、アガサはベッドの端に腰をおろし、ハイヒールを脱いだ。なんて馬鹿だったんだろう！　エロルを見かけたことと、彼がとても紳士的だったことも思い出した。だから偽税務調査官の誘いにやすやすとのってしまったのだろう。

ふいに、探偵業を辞めるという考えとともに安堵がこみあげてきた。もうショックや警戒とは縁を切ろう。こじれた離婚案件ともおさらば。トニとパトリックとフィルを共同経営者にすればいい。自分は村にひっこんで、だらだら過ごす。

立ち上がると荷物を詰めはじめた。もはやイスタンブールには一分でもいたくなかった。なんという名前にしろ、あの男にまたばったり会うのはごめんだ。

「何をするつもりだって？」サー・チャールズ・フレイスは問いただした。アガサが家に帰ってみると、友人がコテージにいた。

「聞いたでしょ。もうすべてにうんざりしたの」

「だけど、あなたは何をするんだい？」

「そもそもコッツウォルズには引退するために来たんだから、これからはそうするつもりよ」

「退屈で死ぬぞ。イスタンブールで何があったんだ？」

「何も」

「だけど、ずいぶん早く帰ってきたね」

「寒くなってきたの」

チャールズは彼女の顔をまじまじと見つめた。「恋に失望した女性みたいに見えるのはどうしてかな？」

「でたらめを言うのはやめて。オフィスに行って、みんなにこの知らせを伝えるわ。自由というすばらしい気持ちを味わえそうよ」

「二日だけね」チャールズは皮肉っぽく予告した。

アガサは午後五時にスタッフをオフィスに集めた。彼女が到着したとき、全員が揃っていた――トニ、フィル、パトリック、ミセス・フリードマン、それに二人の新入り、ポール・ケンソンとフレッド・オースター。

休暇についての質問に手短に答えてから、こう言った。「わたしは引退することにしたわ」

「なぜですか?」トニがたずねた。

「もっと時間を大切にしたいから。トニ、あなたとパトリックとフィルが共同経営者になって。ポール、フレッド、シャロン、それにミセス・フリードマンはこれまでどおり仕事を続けてちょうだい」

最初のとまどいと混乱が落ち着くと、トニはとても明るい気分になった。いつもアガサに肩越しにのぞかれているような気がしていたのだ。ポールとフレッドはどちらも、親分風をふかすアガサがいないとほっとする、とひそかに思った。パトリックは哲学的にそれを受け入れた。フィルは心から悲しんだ。彼は七十代だし、この年で雇ってくれたことでアガサに大きな恩義を感じていたのだ。アガサのおかげで、年金だけでは決して享受できなかったちょっとした贅沢ができる快適な生活を送ってこられた。

「引退パーティーは開きますか?」トニはたずねた。

「いいえ」アガサは言った。「ただ静かに去っていくわ」

そして全員にとって意外だったが、アガサはその言葉どおりに行動したのだった。

エピローグ

コテージに戻ると、チャールズは帰っていた。バスルームの鏡に口紅で伝言を書いていた。「大まちがい！」アガサはプンプンしながらそれを消した。

ミセス・ブロクスビーを訪ねることにした。しかしカースリー婦人会の会合がちょうど開かれていた。アガサは驚いて目をぱちくりした。ずいぶん長いあいだ会合に出ていなかったので、ほとんど知っている顔はなかった。とりわけ金融引き締め政策でローンを払えなくなり、コッツウォルズの村の住人たちはどんどん入れ替わっていた。カースリーのシングルマザーで、相変わらず書記を務めているミス・シムズを別にして、グロスターシャー訛りは聞けなかった。

服装や話し方からして、新しい人々は裕福そうだった。都会から引っ越してきたばかりなので、村の婦人会で重要な役をこぞってやりたがっていた――ミセス・ブロクスビーにとってはありがたいことだった。彼女はさまざまな慈善事業に寄付してくれる新しい人々を確保したのだ。

アガサは有名人だったが、新入りたちはその事実を無視した。ミス・シムズとミセス・ブロクスビーを別にして、全員が村の婦人会で主導的な役割につくために相手を出し抜こうと躍起になっていた。

わたしはいまやこの人たちの一人なんだわ、とアガサは憂鬱な気分で考えた。だから、ベストを尽くした方がいいわね。それにしても、赤十字の寄付金集めのお茶とケーキの席でも、女性たちは所有物で張り合っているようだった。「サウナを作る予定なの」一人が言えば、もう一人は「古い納屋にプールを作ったのよ」と自慢げに言う。

アガサの暗い顔をミセス・ブロクスビーは心配そうにうかがった。

会合が終わると、ミセス・ブロクスビーは耳打ちした。「残っていて、ミセス・レーズン」

しかし、アガサがまた椅子にすわり、ミス・シムズもすわっているのを見ると、他の女性たちももう一度すわりこんだ。

「いったん帰って戻ってくるわ」アガサはささやいた。

彼女は外に出て、村をぐるっと歩いた。雨がしとしとと降っていて、夜になって冷えこんできていた。ミス・シムズがハイヒールでちょこちょこついてきた。「もう前とはちがうわ」ミス・シムズは愚痴った。「見栄っ張りのいやな女ばかり。ねえ、ひと晩じゅう歩くつもり？」

「もしかしたら」アガサは答えた。

「じゃあ、あたしは帰る」

寒い外でもう充分過ごしたと判断すると、アガサは牧師館に戻っていった。

「ひどい土砂降り！」彼女は言うと、傘を玄関ホールの傘立てに入れた。

「土砂降り？　しとしと雨でしょ」ミセス・ブロクスビーは彼女のコートを預かった。

「天気のことじゃないの。新しいメンバーについて言ったのよ」

「ああ、あの人たちもいずれ慣れるわ。新入りさんはいつも夢の村病にとりつかれるのよ」牧師の妻は言った。「そのうち落ち着くでしょう。とりあえず、慈善事業への寄付金の額で争っているので、わたしにとっては好都合よ。なんだか元気がないみたいね。休暇はどうだったの？」

「そのことを話そうと思っていたの」アガサはリビングのソファに腰をおろした。

「でも、誰にも言わないで。しゃべったら、あなたを殺さなくちゃならない」

「それほど悪いこと？」

「最悪」

アガサは警部について話した。ミセス・ブロクスビーは笑わないように必死に努力していたが、ついに、くすくす笑いだした。

「ちょっと思いやりがないんじゃない？」アガサはため息をついた。

「どうか怒らないで」ミセス・ブロクスビーは言った。「ずっと笑っていなかったから」

「わたし、探偵事務所を辞めたの」

「まさかイスタンブールの馬鹿な男のせいじゃないわよね？」

「そのせいじゃないわ。シルヴァンの事件で気力がなくなったの。わたしはへまばかりしていたのに、他のスタッフは優秀なところを見せてくれたから」

「トニが問題なの？」

「どうして彼女が？」

「彼女は頭がいいし、写真写りもいい。彼女が来るまでは、新聞に載るのはいつもあなただったでしょ」

「自信をなくしたから、すべてから逃げだしたいのよ」

「だけど、何をするつもり？」

「のんびりして、読書、旅行、その他いろいろよ」

「あなたにお手伝いしてもらえるとすごく助かるわ」

「どんなことで?」

「地元の連隊のために慈善活動を計画しているの。アフガニスタンに派遣されることになっているので、たくさんの物資が必要なのよ。副官からリストをもらったわ」

「これまでにどういうことをしたの?」

「村の店に寄付品を入れてもらう箱を設置した」

「どんな?」

「リストを貼ってあるわ。シェービングクリーム、カミソリ、本、そういったものよ」

「次にお店に行ったときに見てみるわ。そうしたら何か思いつくかもしれない」アガサは言った。


翌朝、アガサは店までぶらぶら歩いていった。シェービングクリームと使い捨てカミソリを買って、それを外の箱に入れた。

「ミセス・レーズンですよね?」背後で男性の声がした。あわてて振り返った。長身の男が彼女を見下ろしていた。ふさふさした灰色の髪、眼鏡をかけ知的な風貌だった。

「村に来たばかりなんです」彼は言った。「自己紹介させていただいてもいいですか？ボブ・ジェンキンズです」

アガサは彼を用心深く観察した。シルヴァンがまた誰かを差し向けたのかもしれないという恐怖が、まだつきまとっていた。夜はよく眠れなかったし、茅葺き屋根でカサコソ音がするたびに、屋根に誰かいて侵入してこようとしているのかもしれないと不安になった。

「探偵だそうですね」彼は言った。その声は温かく心地よかった。

「もうちがいます。すべてから手を引いたんです」

「どうして？」

「話すと長いんです」

「〈レッド・ライオン〉に行く途中なんです。朝、コーヒーを出すようになったんですよ。よかったらいっしょにいかがですか？」

アガサはためらった。彼にはどこも威嚇的なところはなかった。もちろん地元の村の地元のパブでは何も起こるわけがない。

「いいですよ」彼女は用心深く言った。

パブの戸外の喫煙席にすわり、ボブは最近村に引っ越してきたと話した。

「どうしてカースリーに来たんですか？」アガサはたずねた。

「引退したんです。何年も教師をしていました。騒々しいクラスややっかいな子どもたちから逃れられたら、すばらしいだろうと思った。しかし、時間を持て余していま す。趣味か何かが必要ですね」

「奥さまはいらっしゃらないんですか？」アガサはたずねた。

「十年前に亡くなりました」

「お子さんは？」

「オーストラリアに息子が一人」

「そちらに行って、いっしょに暮らしたいとは思わないんですか？」

「息子は結婚しているし、嫁にあまり好かれていないんです。わたしのことはどうでもいいですよ。どうして探偵を辞めるんですか？」

アガサは探偵として無能だと感じたからとは言いたくなかった。そこで、もっと充実した時間を過ごしたいから、と答えた。

「それで、何をするつもりですか？」

アガサは微笑んだ。「趣味を見つけます。あなたと同じように」

彼は笑った。「釣りもいいかな」

「退屈だわ」

「狩りは？」

「馬に乗れないし」

「アガサ――アガサと呼んでいいですか？」

「どうぞ」

「われわれはどちらも田舎向きの人間じゃないと思うんです」

「都会から来たんですか？」

「ロンドンじゃないですが、マンチェスターです。フランス人の事件のことを新聞で読みました。さぞ怖かったでしょうね。その事件のことを話してください」

そこでアガサは話したが、いつもの誇張や修飾はなかった。

「なんてぞっとするんだろう」アガサが話し終えるとボブは言った。「また誰かが追ってくるんじゃないかと怖いでしょう」

アガサは彼をじっと見つめた。「あなたかもしれないわね」

「わたしのコテージにはさまざまな生徒や同僚たちといっしょの古い写真がたくさんありますよ。よかったらいつでも見に来てください。考えてみたら、それは新しい誘い方ですね。わたしのエッチングを見に来てくださいではなくて、学校時代の古い写真を見に来てください、と招待するわけだから。今日はこれからどういう予定なんですか？」

「連隊の寄付品集めについて考えなくてはならないの」アガサは言った。「でも、慈善にはあまり興味がないんです」

「心配することはないですよ。このあいだ村の店に新しい箱を置いて古い箱を回収に来た兵士の一人と話したんです。副官はミルセスターで大きなパレードを企画し、寄付金を集めるらしいです。あなたが気をもむ必要はないと思いますよ。そうだ。オックスフォードに行き、パント船に乗りましょう」彼は言った。

アガサはためらった。彼について調べる時間がまだなかったからだ。でも、目の前には長い一日がある。何も予定のない長い一日が。

「いいですね」アガサは言った。「そうしましょう」


そのデートが最初で、その後数え切れないデートが続いた。アガサとボブはいつもいっしょにいるように見えた。ミセス・ブロクスビーは心配したが、ボブ・ジェンキンズには欠点を見つけられなかったし、これまで見たこともないほどアガサはリラックスして幸せそうに見えた。

アガサがボブに初めて会ってから二カ月後、アガサは薬指にまばゆいダイヤモンドのリングをはめて牧師館にやって来た。

「じゃあ、本当に結婚するつもりなの？」アガサがプロポーズと、どんなに幸せかということを語ったあとで、ミセス・ブロクスビーはたずねた。

「その前にうまくやっていけるかどうか試してみるつもりなの」アガサは笑った。

「ノルマンディーに自炊できる家を借りたの。二週間、そこで過ごしてみるつもりよ」

「気をつけてね、ミセス・レーズン。あまりにも早く事が進んでいる気がするわ」

ノルマンディーのサン・クレール村は幹線道路からかなり離れていた。海からも遠く、農地に囲まれた村だった。

荷物をほどくと、アガサはたずねた。「フランス語を話せるの、ボブ？」

「ああ、かなりうまいよ」

「よかった。食料を運んでもらって、掃除をしてくれる人を見つけましょう」

「アガサ、そんな必要はないよ。部屋は自分で掃除できる」

「じゃあ、カフェに食事に行きましょう」

彼は笑った。「食料品店を見つけて自分で料理を作ろう。きみはきっと料理が得意なんだろうね」

「ボブ、どっさりユーロを持ってきたのよ。ケチケチして節約する必要はないわ」

「すわって、わたしの話を聞いてくれ。きみが妻になったら、妻としての仕事をすべてやらなくちゃならないんだ。だから今から始めたらどうかな？」

「だって、休暇なのよ！」アガサは叫んだ。

「おやおや、旅のあとで疲れているんだね。そのことはまたあとで話し合おう」

「じゃ、こうするわ」アガサはせっぱつまって言った。「買い物はわたしがしてくる。あなたはのんびりしていて」

「フランス語を話せるのかい？」

「英語で指させばいいわ」

アガサはバッグをつかむと、外に出かけた。

村まで歩いていくと、村の真ん中にあるブラッセリーに入っていった。店は作業着姿の男性で満員で、全員が振り返ってアガサを見た。彼女は外に出て、テーブルにすわると煙草に火をつけた。

ウェイターがやって来ると、カルバドスとコーヒーを頼み、ボブについて考えた。

彼ったらどうしちゃったんだろう？　それに料理のことは、これからどうしたらいいんだろう？

彼の奥さんはどうして死んだのだろう？　退屈？　どうして婚約なんてしたんだろう？　たぶん婦人会のメンバーにとてもうらやましがられたからだ。それに、まだ男性を惹きつける魅力があることを自分自身に証明したかったからだ。

飲み物とコーヒーが運ばれてくると、それをゆっくり飲み、支払いのために店内に入っていった。バーの横のラックに新聞がかけてあった。シルヴァンの顔が一面からこちらを見ている。

それをつかむと、叫んだ。「誰か英語のわかる人はいない？」

小柄な男が彼女に近づいてきて、英語で言った。「どういう用かな？」

アガサはシルヴァンの写真の下の記事を指さした。「この記事になんて書かれているか教えてもらえない？」

彼はじっくりと読んでから、強いフランス訛りの英語で言った。「殺人者で密輸業者のシルヴァン・デュボアはロンドンの刑務所でナイフで刺し殺された。警察は犯人を捜している」

「もういいわ」アガサは息を切らして言った。「それ以上は読む必要がないわ」

彼女は飲み物のお金を支払い、バーを出た。安堵のあまり体に力が入らなかった。食料品店に行き、パン、チーズ、ハム、ワイン一本を買うと、それを持ち帰った。

ボブは彼女の買ってきたものを不満そうに眺めた。「温かい料理が食べたいな」

「あら、そんなことはどうでもいいのよ」アガサは叫んだ。「シルヴァン・デュボアが死んだの。バーの新聞に出てたわ」

「ここは小さな村なんだ、アガサ。一人でバーに行くのはあまり好ましくないと思うよ」

アガサはすわりこんで、彼を見つめた。「ボブ、二人でこれまでやってきた楽しいことはどこに行っちゃったの？　何か飲んだの、ドクター・ジキルみたいに。そして、古くさい一家の暴君に変身したの？」

「これが現実の生活なんだ、アガサ。この場所に来たのは、いったん結婚したら、実際にどういうふうに暮らしていくのかを知るためだよ」

「あきれたわ、ボブ、そんな厳しいこと言わないで。さ、パンとチーズを食べて、ワインを飲んで。今夜のディナーはどこかおいしい店に車で行けばいいわ」

その晩、二人は沿岸をドライブし、魚介レストランですばらしい食事をしたが、ボブの急に堅苦しくなった態度は和らがなかった。自分は運転があるからと、ワインも飲もうとしなかった。

借りているヴィラに帰ってくると、ボブは予備の部屋で寝ると、そっけなく告げた。アガサは傷つき、困惑した。

しかし翌日、彼の気分は天気のように明るくなった。アガサがどうしたのか知りたがると、ボブはゆうべは頭痛がしたのだと説明した。アガサは機嫌のいいボブとのんびり一日を過ごした。彼は何もかもがおかしいと思うらしく、そのユーモアはアガサにもうつった。

しかし夜になると、ボブは疲れたので一人で眠りたいと言いだした。

「いったい今度はどうしたの？」アガサは追及した。

「きみは騒々しい人生で、自分のことだけ考えていろ！」彼は乱暴に言った。

彼女はキッチンにすわって宙を見つめた。それから携帯電話を取り出してチャールズに電話した。「既婚女性は元気かい？」チャールズはたずねた。

「わたしはまだ結婚していないし、結婚しそうにないわ」アガサは声をひそめて言った。「彼は古くさい暴君に変身したの。双極性障害か、たんに頭がいかれているか、どっちかだと思う」

「どこにいるんだ？」

「ノルマンディーのサン・クレールっていうさびれた村」

「じゃあ、車に乗って、そこから出るんだ」

「できないわ。彼の車だから」

「待っていて。どうにかそっちまで行って拾うよ。村のどのあたりか道順を教えて」

「北側の最初のヴィラよ」

「そこに行くよ」

「チャールズ、愛してる」

「いや、愛してない、ありがたいことに。あなたの執着の重さを考えただけで震え上がるよ」


翌日、アガサはチャールズに電話しなければよかった、と後悔した。ボブはまた楽しく気楽な人間に戻ったのだ。田舎を巡り、古い教会を訪ね、おいしい料理を食べた。何度かアガサは席を立ち、フランス風のトイレでチャールズに電話しようとしたが、つながらなかった。

最後にむなしい努力をしたあとで、レストランのボブのところに戻った。

「どこに行ったんだろうって、ってそこにすわり考えていた？」アガサはたずねた。

「アガサ、恥さらしだよ。〝すわり〟じゃない、〝すわりながら〟だ。言葉を正確に使わない人には我慢できないんだ」

「わかった、パンツをねじらないで（いらいらするの意）」

「それから、そういう下品な言い回しはやめてくれ」

「もう、一体全体、どうしちゃったの？」

「どうもしてないよ。わたしは文法のまちがいが大嫌いなんだ。たとえば〝すわる〟という言葉。現在形は〝すわる〟だし、現在進行形は〝すわっている〟で、過去進行形は〝すわっていた〟だ。わかったかい？」

「聞きたくもないわ」

「まちがった文法がそこらじゅうにはびこっている。たとえば、作家が部屋の描写をするときに『ひとつのテーブルと椅子があった』と書いているが、本来は『ひとつのテーブルがあった、そしてひとつの椅子があった』と書くべきなんだ」

この人は本当にいかれている、とアガサは動揺した。

「いつもそんなに気分がころころ変わるの？」彼女はたずねた。

「気分が変わるとは？」

「さっきまではとてもなごやかに過ごしていたでしょ」

「かもしれない」

「ねえ、ボブ、これは大きなまちがいだった。わたしたちは実はあまり相性がよくないと思うわ」

彼は立ち上がって、レストランを出ていった。

アガサはウェイターを呼び、タクシーを頼むと勘定を払った。

ヴィラに戻ると、真っ暗だった。玄関を開けようとしたが、鍵がかかっていた。そのとき、チャールズが車を乗りつけて降りてきた。アガサは彼の腕に飛びこんだ。

「閉め出されたわ!」

「裏に回ったらどうかな?」

二人は建物の横を回って、裏庭に出た。アガサはキッチンのドアを試した。

「こっちは鍵をかけるのを忘れていたみたい。彼は予備の部屋で寝ているし、念のため、荷物はほぼ詰めておいたの」

十五分後、アガサはスーツケースを持ってそっと階段を下りてきた。婚約指輪をはずすと、それをテーブルの上に置いた。それから外の車で待っていたチャールズのところに行った。

数キロ走ってから、アガサは気づいた。「南に向かってるわ」
「そうとも。ちょっと寝て、そのあと運転を代わってくれ。どこか暖かいところに行って羽目をはずすんだ。どう、賛成する？」
「ええ、諸手を挙げて賛成よ」アガサは言った。

トニは探偵事務所のことで悩んでいた。全員がだらけているようだった。最初は威圧的なアガサ・レーズンの存在がなくなって、とてもリラックスできた。しかし今、彼女とシャロンがほとんどの仕事をしているように思えた。フィルとパトリックですら怠けるようになっている。

金曜日、いつもの一日の終わりの打ち合わせのためにメンバーたちは集まった。若くて自分には荷が重いと思いつつも、トニは仕事が減ってきていると告げて、みんなに活を入れるつもりだった。自分の事務所の経営は成功させたが、それは全員が若かったからだ。二人の新入りのポール・ケンソンとフレッド・オースターは彼女を子ども扱いして、指示に耳を貸さなかった。

トニがまたむなしい演説をしかけたとき、オフィスのドアが開き、アガサ・レーズンが入ってきた。彼女は軽く日焼けし、目は輝いていた。「復帰することにしたの」

彼女は宣言した。「さ、仕事にとりかかりましょう」

ミセス・ブロクスビーはアガサが家に帰ってきたと聞きつけた。ボブ・ジェンキンズはコテージを売りに出し、村から姿を消した。

ようやく教区の仕事から解放されたミセス・ブロクスビーは、ある晩、アガサのコテージを訪ねた。

「どうぞ入って」アガサは声をかけた。「シェリーは？」

「ええ、お願い」

「もっと早く訪ねようと思っていたの。南フランスでおみやげを買ってきたのよ」

「ノルマンディーにいたのかと思ったわ」

「いたの。チャールズが救いだしてくれるまでは。はい、シェリーをどうぞ。聞いてびっくりするわよ」

アガサはボブのぞっとするような気分の変化と、チャールズが救いに来てくれたことを話した。「それで南フランスに逃げていって、休暇を過ごしてきたの」アガサは言った。

牧師の妻はアガサの輝いている顔を観察した。

「あなたとチャールズ。まさかちがうわよね？」

「ちがうって何が？」アガサはうきうきと言った。「何を言っているのかわからないわ。シェリーのお代わりはいかが？」

訳者あとがき

お待たせしました。ついに〈英国ちいさな村の謎〉シリーズも二十作目になりました。『アガサ・レーズンとけむたい花嫁』をお届けします。前作『アガサ・レーズンと毒入りジャム』で、ジェームズと若く美しい婚約者フェリシティの婚約パーティーに出席したアガサは、ジェームズの友人のフランス人、シルヴァン・デュボアに心を奪われます。

しかし、シルヴァンに会いにパリに行こうとして電話してみると、背後から女性の甘い声が聞こえてきました。独り相撲だったことに屈辱を覚えながら電話を切ったアガサは、今度はイスタンブールに行き、戦場跡をたどって、戦場跡のガイド本を書こうとしているジェームズを見返してやろうと計画します。

しかし、こっそり行くつもりだったのに、偶然にも行く先々でジェームズと婚約者に遭遇し、ジェームズからはストーカーの疑いをかけられる始末。さらに、結婚前夜のパーティーで、可能なら結婚を取りやめたい、とジェームズからいきなり打ち明けられ、アガサの心は揺れます。

そして結婚式当日、なんと花嫁が殺されてしまうのです！　花嫁殺害の疑いをかけられたジェームズとアガサはどうなるのでしょうか？　さらに、探偵事務所の仲間たちはどうやってアガサを助けるのでしょうか？　そしてアガサのジェームズとの関係はどうなるのか？　ぜひ本文でお楽しみください。

本書ではいつにもましてアガサはたびたび命を狙われ、まさに手に汗握る場面の連続です。相変わらずアガサは若くて美しい探偵のトニと中年の自分をことあるごとに比べ、老いを感じて落ち込んでいます。でも、何度も危険な目に遭って死にかけても立ち直るアガサは、若者よりもよほどタフだと思いました。

恋の方も紆余曲折。ラストの展開には思わず、あっと驚くのではないでしょうか？　訳者はつい、にやりとしてしまいました。今後の二人の展開から目が離せません。

さて、今回は二十巻記念ということで、前作の訳者あとがきで応援メッセージを募集したところ、たくさんの投稿をいただきました。本当にありがとうございます。字数の関係もあり、大変に心苦しいのですが、抜粋、編集して掲載させていただきましたことをお許しください。また、掲載文ではほとんど割愛させていただきましたが、訳者や編集部への感謝や励ましを口にしてくださる方が多く、読んでいて涙が出そうなほどありがたかったです。

イギリスでは二〇二三年に三十四冊目の*Dead on Target*が出版され、ビートン亡き後も、このシリーズは書き継がれています。しかも、なかなか好評なようです。みなさんの投稿でも、ずっとシリーズを続けてほしい、というお声をたくさんいただきました。実現できるように、これからも応援をよろしくお願いいたします。

また、この訳者あとがきの最後にすてきなプレゼント企画を発表しています。プレゼント企画は本シリーズ初ですので、お見逃しなく。

読者投稿

◇アガサが好きすぎて、アガサの世界にどっぷりつかりたいと日々思っています。日本のドラマ化の場合の配役を予想してみました。アガサ↓小林聡美　ジェームズ↓草刈正雄　チャールズ↓ディーン・フジオカ　ビル↓濱田岳　ロイ↓板垣李光人　ミセス・ブロクスビー↓木村多江　二十巻が待ち遠しいです。

◇一巻からずっと読んでいます。私も離婚し広告業界で働いていています。そのため、すごく親近感が湧いて、いつのまにかアガサと自分を重ね合わせていました。でも、私ははっきりと言いたいことが言えず、行動力もありません。アガサの言動を読みながら、そうそう、とか、私なら言えないわ、とか思っています。アガサは短絡的かもしれませんが、温かくて優しい人だと思います。仕事と子育てでフラフラですが、コージーブックスを読む時は唯一好きなことができる自分の時間です。これからも楽しみにしています。

◇十九巻を読みました。読みやすい訳文で、毎回引き込まれてしまいます。有り余る資産を手にした五十三歳独身女性が退職後に優雅な田舎生活をする。そんな一巻を手にした時の私もちょうど退職したばかりで、その設定だけでも夢のようでした。ドラマも観てみたいとは思いますが、勝手にコッツウォルズの知っている風景を貼り合わせ、登場人物を空想するのも楽しいものです。アガサの股関節を心配しつつ、今は亡きM・C・ビートンさんに感謝し、これからもずっと応援し続けます。

◇「イギリスと　ミステリ好きな　我が心　掴んで離さぬ　アガサ・レーズン」好きな国イギリスが舞台。しかも自分と同じアラフィフの主人公が活躍するミステリーとあっては見逃せません。読み始めてすぐ、ずけずけものは言うけれど根は愛情深くて勇敢なアガサにすっかり魅了されました。同じく読書好きの娘にも勧めたところ、私以上のアガサファンに。残りの冊数が減るごとに一抹の寂しさを感じていたところ、ビートンさんの死後、新しい作者で引き継がれるという夢のようなお話。こうなったらできるだけ長生きして、不滅のアガサに付き合うつもりです。

◇アギーと呼ぶと、怒られるかも（？）しれませんが、ごめんなさい。図書館で気になり手に取った一作目から次が楽しみで、新刊を読むたびに、読み始めはまだまだページがある！　とワクワクするのですが、後半になると気分が沈んでくるのは、次回作まで何日待つのかしら？　と考えてしまうからです。アギーの全てが最高です。悲しい子供時代や、その後の結婚、できるキャリアウーマンぶり。強いけれど、泣くときもある。でも進んでいく。わたしもこんなふうにできればいいのにと思うシーンが沢山です。必ずプッと笑うシーンもあります。想像するだけでも楽しい。登場人物との会話が面白くて、本の中に潜り込んで近くで見ているような感覚になります。本当に毎回楽しみに待っています。大好きです。

◇今、一番刊行を楽しみにしているシリーズです。このシリーズを読んでいると、恥ずかしいことや悩みがあるのは自分だけじゃないんだ、アガサみたいにそれを乗り越えながら頑張ろう！　と前向きな気持ちになれます。最初に読み始めた頃はまだまだ他人事だったアガサの老いの話も、だんだんと自分ごとに近づいてきていて、二十巻という歴史を感じます。続刊楽しみにしております！

◇いつも楽しく拝読しています。一巻から読み始めましたが、その頃はアガサは私よりも年上でしたが、今では私の方が年上になってしまったようです。五十過ぎても、ロマンチックな夢を見続けるアガサ、これからも活躍を楽しみにしています。

◇私の唯一の楽しみは、ほっこりするコージーミステリを読むこと。シニアのせいか登場人物が覚えられないため、なかなか新シリーズには手が出ず、昔からなじみがあるアガサ・レーズンに首ったけです。アガサの新作が出ると、すぐに買い求めてしまいます。古い友人に会えるようなワクワクした気持ちになるから。そして、一ページ一ページ大切に読みます。主人公のアガサの性格や容姿、考え方が読者寄りで、私の身近にいそうな感じが大好き。料理が嫌いで冷凍食品が食事という点も、自分と重なります。読後は、元気と勇気と力をたくさんもらっています。自分の仕事へのモチベーションも上がります。作者没後、引き継がれて出版されるとのこと、ホッとしています。まだまだ楽しみたいのです。

◇コージーブックスの新刊はすべて読んでいますが、アガサ・レーズンほど大好きなキャラクターはいません。数年前から読み始め、全巻揃えました。今は電子書籍で買うことも多くなりましたが、アガサ・レーズン・シリーズだけは紙の本を手元に置いておきたくてそうしています。アガサ・レーズンの人柄（よい面もそうでない面も）、他のたくさんのキャラクターやカースリー村など、すべてが私にとってかけがえのないもので、共感できることも多く、かわいらしい猫たちが出てくるところもお気に入りです。このシリーズの魅力的なところはたくさんありすぎて、一言ではむずかしいのですが、知らない人にはともかく読んでみて、と言うことにしています。新刊が出るとわかると、その日まで指折り数えたり、仕事中でもふとアガサに早く会いたいなあ、と思ったりしています。カバーのイラストもとってもすてきですね。末永くシリーズを続けていってください。できれば永遠に。

◇「嫌な女」というのが読み始めたときにアガサに感じた印象だった。だが、人間らしい嫌な感情の吐露やイケメンによく見せようと策を練るしたたかさに、いつしか愛着を感じるようになった。頭の良さで窮地に陥った人を迷わず助ける男気にも惹かれている。アガサが時折見せる若さに対する嫉妬も素直で、このヒロインが人間味に溢れているからこそだろう。若くて賢くて人柄もいいだけのヒロインはつまらないと思わせてくれる、今までにないミステリ小説だ。イギリスの階級意識の根深さもよくわかった。

◇いつも「ああ、アガサ、なんでそんな言い方するの？」とヒヤヒヤしています！でもやっぱりアガサには幸せになってほしい！　あと、この本を読んで、イギリスの社会構造にも興味が湧きました。続きが楽しみです。

◇表紙に描かれている赤いスーツを身にまとったボブヘアのインパクト強めの女性を見て、この人が主人公の小説はなんだか私の趣味に合いそうだな、と思い購入したのは、つい二年ほど前のことでした。その頃はすでに十数巻は出版されていたのですが、アガサとコッツウォルズの人々の愉快さに引き込まれて、あっという間に読破してしまいました。アガサが村のみんなを魅了するように、私も彼女の虜になっています。アガサ自身は聖人君子でもなく、実際の世界で彼女を相手にしたら怖じ気づくかもしれませんが、彼女の内にある臆病さや孤独さというのは、実は私たちにも共通するものです。だから多くの村人たちに好かれるのだと思いました。サブキャラクターのビル、ミセス・ブロクスビーはアガサを支える友として、ロイは利害関係はあるけれど少し変わった友として最高だと思います。恋愛でいうと、まずジェームズに関しては、素直になってほしいのと、アガサを傷つけるだけで何の役にも立たないプライドを捨ててほしいと思います。チャールズは猫みたいで、アガサやその他の人の感情をかき乱す彼を、私は意外と好きでもあります。これからも応援しています。

◇自分はこのシリーズの発売を毎回楽しみにしている、この国にはそうたくさんはいないであろう男性の一人です（実はたくさんいたらごめんなさい！）。邦訳の一作目が出た十年前にはまだ「お兄さん」だった自分も、もはや「おじさん」と呼ばれてしまう年頃になりました。おかげで年齢に抗うアガサの気持ちがだいぶわかるように……。『アガサ・レーズンと困った料理』を初めて読んだときは、「コージーミステリ」にまったく親しみがなかったのですが、刺激的な殺人事件と喜劇的な日常風景とで描かれるマーブル模様が妙に心地よくて、気づけばすっかり没頭していました。読んでいる最中はぬくぬくと、読後はサウナから出たあとのようなすっきりした気分に……この不思議なリラクゼーション効果は自分にとってとてもうれしい発見でした。

巻を重ねるうちにヒロインのアガサはもちろん、彼女以外の登場人物にもどんどん愛着が湧いてきて、今では自分もこの中に混じりたい、とひそかに願うほどです。アガサの魅力は本来、世代も性別も関係なく感じられるものだと思います。とりわけ、百戦錬磨の彼女が不意に見せる少女のような繊細さはなんとも愛らしく、これからも新たな読者の心を捕らえて放さないにちがいありません。

二〇一二年刊行のシリーズ一作目『アガサ・レーズンと困った料理』を訳しはじめてから早いもので十一年。投稿を拝見すると、一巻からの長年のファンの方が多いことに感動します。投稿にあるように、いつのまにかアガサが年上になっているのも無理ありませんよね。訳者も最初はアガサと同世代でしたが、現実世界では当然、一年また一年と年齢を重ねていき、股関節こそ痛くないものの（笑）アガサと同じく老化が気になるこのごろです。みなさんの温かい投稿には本当に元気が出ました。これからも楽しい本をお届けするために精一杯がんばろう、と決意も新たにしています。本シリーズを末永くよろしくお願いいたします。

ではプレゼント企画のご紹介です。ぜひ、ふるってご応募ください。

アガサ・レーズン　シリーズ二十巻刊行記念　読者プレゼント

オリジナルマウスパッドを限定二十名様にプレゼント！

締め切り：二〇二三年二月二十九日

詳しい応募方法は、原書房の公式Xにてご確認ください。

コージーブックス

英国ちいさな村の謎⑳
アガサ・レーズンとけむたい花嫁

著者　M・C・ビートン
訳者　羽田詩津子

2024年1月20日　初版第1刷発行

発行人　成瀬雅人
発行所　株式会社　原書房
〒160-0022 東京都新宿区新宿1-25-13
電話・代表　03-3354-0685
振替・00150-6-151594
http://www.harashobo.co.jp
ブックデザイン　atmosphere ltd.
印刷所　中央精版印刷株式会社

落丁・乱丁本はお取り替えいたします。
定価は、カバーに表示してあります。
 ISBN978-4-562-06135-8 Printed in Japan